KB195337

하
루
의  가
      능
      성

# 하루의 가능성

삶은 슬프지만
우리를 슬프게 하지는 않는다

김병규 지음

북스톤

# 시간의 모퉁이에 다다르다

내게는 서로 다른 삶을 살아가는 두 개의 자아가 있다. 하나는 사회 속의 나, 김병규 교수라는 사람이다. 그는 학자로서 나름 성공적인 길을 걸었다. 경영학 분야에서 가장 좋은 학교로 여겨지는 와튼 스쿨에서 박사학위를 받았고, USC 마셜 경영대학에서 교수를 지냈다. 마케팅과 심리학 분야 탑저널에 많은 논문을 게재했고, 미국 학계에서 가장 받기 어렵다는 상도 여럿 탔다. 마케팅, 브랜드 전략과 관련된 책도 여러 권 썼고, 기업의 실무자들, 대학생, 중·고등학교 교사, 학부모 등 다양한 사람을 대상으로 강연을 하고 있다. 지난 15년 동안 그의 강연을 들은 사람이 수만 명은 될 것이다. 사회 속의 그는 별 걱정 없이 사는 사람이라는 평을 듣는다.

또 하나는 가족 속의 나, 인간 김병규다. 그는 중증장애인의 가족이다. 그의 형은 24년 전인 2001년 치료할 수 없는 큰 병을 얻었고 평생을 중환자로 살아가고 있다. 그의 아버지는 희귀암 환자다. 어머니는 예전에 큰 수술을 하신 후 크고 작은 병들에 시달리신다. 그의 부모님과 형은 수없이 응급실을 방문하고, 입원을 하고, 수술을 받는다. 지난 20여 년 동안 병원 진료실이나 대기실, 입원 병동, 원무과, 병원 식당 등에서 그와 마주친 사람도 수천 명에 이를 것이다.

이 두 자아는 서로에게 철저히 감춰진 존재다. 사회에서 나를 만난 사람들은 가족 속의 나를 알지 못하고, 병원에서 나를 마주친 사람들은 사회 속의 나를 알지 못한다. 이렇게 우리는 서로가 바통을 주고받듯 교대로 살고 있다. 한 명의 존재를 연기하는 일란성 쌍둥이처럼, 하나의 자아가 일을 마치고 돌아오면 다른 자아가 자기가 맡은 일을 하러 나선다. 오랜 시간이 흐른 만큼 내게는 충분히 익숙해진 삶의 방식이다. 하지만 이제 이 둘을 만나게 해주려고

한다. 더 이상 서로의 존재를 감추지 않고, 서로를
이해하고 받아들이며, 둘이 하나가 되게 해주려고 한다.
내게 시간이 많이 남지 않았다고 느끼기 때문이다.

¶

내가 가장 사랑하는 것은 글쓰기다. 생각하고 싶은
주제를 정해서 며칠 동안 쉬지 않고 글을 써내려간다.
글을 쓸 때는 세상의 모든 것을 잊고 내 생각에 온전히
집중하게 된다. 머리는 차가워지고 마음은 평온해진다.
나를 둘러싸고 있는 현실도, 내 앞에 놓인 운명도 저 멀리
멀어져간다. 글쓰기를 통해서 내 영혼은 완전한 자유를
얻는다. 하지만 내 생각에 온전히 집중할 수 있는 시간도,
글을 쓸 시간도 빠르게 사라져가고 있다. 지난 24년 동안
나는 내 일상을 갑자기 다 잃을지도 모른다는 불안감과
가족에 대한 죄책감에서 한시도 벗어난 적이 없다. 두 명의
자아가 역할을 나눠가며 24년을 버텨냈지만 이제는 정말로
내게 주어진 시간이 끝나가고 있음을 느낀다. 더 늦기 전에
내 안에 있는 두 명의 나를 만나게 해주고 싶다.

지난 몇 달간 병원 간이침대, 보호자 대기실, 구내식당, 복도, 주차장 등 장소를 가리지 않고 틈틈이 글을 썼다. 노트북, 종이공책, 스마트폰 메모장, 녹음기 등을 이용해서 어쩌면 내 마지막 책이 될지도 모르는 원고를 무작정 쓰기 시작했다. 이 책을 마무리하는 글을 작성하는 지금도 나는 병원에 있다. 형이 일주일째 병원에 입원 중인 상태인데 간병인과 교대하기 위해 병원에 와 있다.

　이 책이 어떤 사람에게 읽히고, 어떤 생각을 전해주게 될지 알 수 없다. 아무런 의도 없이 그저 진실되게 썼다. 다만 바라는 게 있다면 세상 곳곳에 숨어 있는 나와 같은 사람들을 만나는 것이다. 누구나 자신의 인생길에 혼자 서지만 같은 방향으로 걸어가는 사람들의 존재로 큰 힘을 얻기 마련이니까. 같은 길을 걷는 사람들이 이 책을 계기로 만나 서로에게 힘이 되면 좋겠다.

슬픔이 너를 지배하도록 내버려두지 마라.
쓸데없는 근심이 너의 날들을
뒤흔들게 내버려두지 마라.

...

어리석은 슬픔으로
너 자신을 낭비하지 마라.

– 오마르 하이얌, 〈슬픔에 너를 맡기지 마라〉

차 례

# 1장.　　　　　　　가능성의　시간

나는 그저 '오늘 하루'의 가능성을 믿었다.
하루는 가능성을 실현하기에 충분한 시간이다.
연주자라면 하루 동안 어제보다 더 좋은 연주를 할 수 있고,
운동선수라면 어제보다 더 나은 실력을 연마할 수 있다.
나 같은 학자라면 하루 동안
더 많은 것을 이해하게 될 수 있다.
하루는 거창한 꿈을 가진 사람에게는 너무 짧은 시간일 테지만,
더 나아지겠다는 마음을 품은 사람에게는
그 무엇보다도 소중한 시간이다.

# 흔들리는   시간에   매달리다

시간은 내게 무한한 가능성을 의미한다. 병약했던 아이가 야구선수가 되어 끝내기 역전 홈런을 날리거나, 외톨이로 지내던 아이가 유명한 뮤지션이 되어 많은 사람의 사랑을 받게 되는 것은 '시간' 덕분이다. 시간이 있어서 우리는 가능성을 펼치며 살 수 있다.

지금 30세이고 90세까지 살 수 있다고 가정하면, 앞으로 주어진 시간은 60년이다. 시간이 많이 남은 것 같다. 하지만 가능성을 꿈꾸고 펼칠 수 있는 시간은 이보다 훨씬

짧기 마련이다. 젊더라도 마음이나 뇌에 이상이 생겨서
정상적인 생활이 어려워지면 가능성의 시간은 끝나게
된다. 사랑하는 사람이 사고를 겪거나 질병을 얻어서 오랜
시간 간병에 매달려야 할 때도 그렇다. 긴 인생의 시간과는
상관없이, 자신의 시간이 더는 남아 있지 않다고 느끼게
되고 꿈을 놓게 된다.

지난 24년간 나는 내 시간이 갑자기 멈출지도 모른다는
두려움 속에 하루하루를 살았다. 처음 이런 두려움을 느낀
건 고작 20대 중반이었다. 아침에 눈뜰 때마다 오늘이 내게
주어진 마지막 시간일지도 모른다고 생각했다. 지금보다
더 나은 사람이 될 가능성, 내가 꿈꾸던 일을 해낼 가능성,
더 행복해질 가능성을 위해 쓸 수 있는 시간이 곧 멈춰버릴
것만 같았다. 이 모든 것은 형에게 찾아온 불행과 함께
시작됐다.

¶

나보다 두 살 많은 형은 그림에 타고난 재능이 있었다.
어린 시절부터 평면이 존재하는 모든 곳(가구, 침대, 벽

등 말 그대로 모든 곳)에 그림을 그렸다. 단순한 낙서가
아니라 작품처럼 느껴지는 멋진 그림들이었다. 하지만
당시는(형이 고등학생이던 1980년대) 자식이 그림에 재능이
있다고 해서 부모들이 자녀를 선뜻 미대에 보내던 시절은
아니었다. 형은 그림 그리는 것을 사랑했지만 미술학원 한
번 다녀보지 못한 채 인문학 전공으로 대학에 들어갔다.
하지만 대학에 가서도 그림에 대한 관심은 놓지 않았다.
정식으로 미술을 배운 적은 없었기에 데생을 하거나
유화를 그리는 식은 아니었다. 어린 시절 그랬던 것처럼
모든 평면에 그림을 그렸다. 그림은 형의 언어이자
표정이었다.

　형은 군복무를 마치고, 결국 부모님과 상의 없이
다니던 대학을 그만두었다. 그리고 조금은 늦은 나이에
예술대학에 들어갔다. 당시에는 이름도 생소했던
한국예술종합학교 학생이 된 이때가 형 인생에서 가장
행복했던 시절이었을 것이다. 형은 학교에서 그림,
영상디자인, 건축, 사진 등 배우고 싶던 것을 마음껏 배울
수 있었고, 비로소 자신과 비슷한 사람들과 친구가 될 수
있었다. 형은 즐겁고 행복해 보였다. 형에게는 무엇이든

될 수 있는 무한한 가능성이 있었고, 나는 그런 형을 보는 것이 좋았다.

¶

이 시절 나는 형에게서 많은 영향을 받았다. 형이 없을 때면 형 방을 기웃거렸다. 그 방에는 예술 관련 서적, 도감, 예술 영화 비디오, 영국과 미국의 록밴드 CD 같은 것이 가득했다. 이런 것들을 하나씩 몰래 들고 나와 내 방에서 보고는 했다. 나는 예술에 대한 배경지식이 전무했고 예술 분야에 친구도 없었지만, 예술대학 학생들의 취향과 문화를 고스란히 접할 수 있었다. 예술과 디자인에 대한 내 지식과 감성은 모두 이 시기에 형성되었다고 해도 과언이 아니다.

형은 졸업하고 미국에 가서 미술 공부를 하기로 했고, 유학비를 벌기 위해 회사에 취직했다. 부모님은 학비를 대줄 정도의 경제력이 있었지만 형은 부모님 도움 없이 혼자 힘으로 유학을 가고 싶어 했다. 낮에는 회사에서 일하고 밤이나 주말에는 프리랜서로 일러스트 작업을 했다. 당시 형은 무척 피곤해 보였다.

그런 생활을 이어간 지 몇 개월이 채 되지 않았을 때다. 형은 운전해서 퇴근하던 중, 뇌혈관이 막혀 몸이 마비됐고 그대로 앞차를 들이받았다. 누군가의 도움으로 근처 병원으로 옮겨졌지만 그 병원에서는 형의 상태를 제대로 파악하기 어려웠다. 연락을 받고 병원에 간 부모님이 형을 구급차에 태워 대학병원 응급실로 갔지만, 대기 시간이 길어져 결국 골든타임을 놓치고 말았다.

형은 며칠간 혼수상태에 있었다. 다행히 의식을 되찾았지만 뇌의 많은 부분이 이미 녹아내린 뒤였다. 몸 한쪽이 마비됐고, 지능이 크게 저하되었으며, 알 수 없는 이유로 뇌전증(간질)도 생겼다. 발작은 한두 달에 한 번꼴로 발생했는데 정도가 심해서 매번 중환자실에 며칠씩 있어야 했다. 그때마다 뇌가 손상돼 상태는 점점 나빠졌다. 형은 자신의 처지를 비관했고 자살을 수없이 시도했다. 어느 순간부터는 정신착란, 과대망상 같은 마음의 병도 앓았다. 독한 약을 오래 먹은 탓에 콩팥이 망가져서 지금은 이틀에 한 번씩 투석을 한다. 형의 나이 불과 스물여덟에 일어난 일이다. 이렇게 형의 시간은 멈춰버렸다. 한 젊은이가 품고 있던 모든 가능성은 사라져버렸다.

2001년 10월 이후로 형은 그림을 그릴 수도, 명확하게 생각을 할 수도 없다. 늘 아프고 고통스러워하며, 하루 중 많은 시간을 잠든 상태로 보내고 있다. 형의 시간이 멈추자 부모님의 시간도 멈춰버렸다. 형에게 사고가 났을 당시, 부모님은 지금의 나와 비슷한 나이였다. 아직은 많은 가능성을 꿈꿀 나이이다. 하지만 그날 이후로 세상과 단절된 채 오롯이 고통만 있는 세상에서 살고 있다. 아버지는 가끔 형에게 "사는 게 지옥이다. 같이 죽자"라고 말씀하신다. 그 말로 고통의 크기를 헤아려볼 뿐이다.

¶

형에게 사고가 났을 당시 나는 스물여섯 살이었다. 대학원 석사과정을 준비하고 있었다. 반년 정도는 나도 형의 간병에 매달렸다. 석사과정에 들어간 이후에는 낮에는 학업과 조교 일을 했고, 나머지 시간엔 형을 돌봤다. 밤에 응급차를 부르고, 중환자실 앞에 서 있었다. 형을 보는 사람들의 차가운 시선과 불친절을 견뎌야 했고,

많은 사람에게 머리를 숙이며 감사해하고 죄송해해야
했다. 매일같이 슬픔과 좌절, 고통과 분노를 느꼈다.

　형에게 사고가 나고 한동안은 치료법이 있을 거라고
믿었다. 일시적 증상이 사라지고, 곧 완쾌할 거라고. 하지만
시간이 지날수록 희망은 사라져갔고, 나는 더는 버틸 수
없는 한계에 다다랐다. 스스로 내 시간을 멈춰버리고
싶은 마음까지 들곤 했다. 내 인생의 가능성들이 내게서
멀어지고 있음을 느꼈다. 행복해질 수 있는 가능성, 원하는
일을 할 수 있는 가능성, 꿈을 이룰 수 있는 가능성이
사라져가고 있었다.

　그렇게 3년을 보낸 후, 나는 가족을 떠날 결심을
했다. 석사과정을 마칠 무렵 미국 대학 박사과정에
지원했는데, 학비 면제와 생활비 지원 조건으로 합격
통지를 받은 것이다. 부모님은 내가 간병을 하며 젊음을
허비하기보다는 미국에 가서 원하는 공부를 하기를
바라셨다. 유학을 가면 내 시간은 다시 흐르기 시작할
것이고, 내 가능성을 꿈꾸며 살 수 있을 터였다. 가족에
대한 미안함으로 주저하기도 했지만, 결국 미국으로
떠나기로 했다.

출국 날 아침, 형에게 인사하려고 방문을 열었더니
형이 창문에 전깃줄을 걸고 자기 목을 매달고 있었다.
그만큼 형은 내가 떠나는 것을 원하지 않았다. 목이 매달려
버둥거리고 있는 형을 두 팔로 부여잡고 줄을 풀어냈다.
다행히 생명에는 지장이 없었다. 그런 형과 부모님을 두고
나는 공항으로 향했다. 2004년 7월의 일이었다.

¶

미국에 도착하자 내 시간이 다시 흐르는 것처럼
느껴졌다. 이제 행복해지고, 학자로서 성공할 수 있을 것
같았다. 가족을 두고 떠나왔다는 죄책감은 여전했지만
그래도 기뻤다. 학교에 있는 여느 학생들처럼 잠시나마
평범한 젊은이의 모습으로 돌아갔다.

하지만 이내 불안감이 엄습했다. 내 시간이 언제든
다시 멈출 것만 같았다. 형의 사고는 그 누구도 예상하지
못했다. 내게도 그런 일이 생길 수 있었다. 형과 대부분의
유전자를 공유하고 있으니 가능성은 충분했다. 내게
그런 일이 생기지 않더라도 부모님 대신 형의 간병을

떠맡아야만 하는 상황도 얼마든지 생길 수 있었다. 이 때문에 나는 아침에 눈을 뜨면 오늘이 내 마지막 시간일지도 모른다고 생각했다. 오늘이 주어졌다는 감사함과 내일이 없을지도 모른다는 불안감이 늘 공존했다.

어느덧 24년이라는 시간이 흘렀다. 여전히 나는 불안감을 가지고 있다. 지금 이 글을 쓰고 있는 순간에도 이 문장이 내 마지막 글이 될지도 모른다고 느낀다. 24년이나 겪었지만 불안감은 도무지 익숙해지지 않는다.

이 불안감은 앞으로도 사라지지 않을 것이다. 형의 상태는 24년 전과는 비교할 수 없을 정도로 나쁘다. 게다가 아버지가 얼마 전 희귀암 진단을 받았다. 즐거움이나 행복 같은 단어가 지워진 아버지의 삶을 돌이켜보면 놀랄 일도 아니다. 슬픔도 느껴지지 않았다. 아니, 슬퍼할 겨를도 없다는 말이 더 정확할 것이다.

암 환자 가족이 되면 바빠진다. 갑자기 응급실을 가는 일이 잦다. 챙겨야 할 서류도 많고, 크고 작은 결정도 내려야 한다. 대개 아버지가 암에 걸리면 어머니가 이런 일들을 하게 되지만, 어머니가 형 곁을 한시도 떠날 수

없어 그 일은 내 몫이 됐다. 이뿐 아니라 거동이 어려운
형을 일주일에 세 번 투석 병원에 데려가는 일도 내가
분담해야 한다(이전에는 아버지가 하셨던 일이다).

아버지가 암 진단을 받은 후로는 시간이 어떻게
흘러가고 있는지 모르겠다. 어제만 하더라도 강의를
마치자마자 아버지를 모시고 외래 진료를 갔다가 갑작스레
입원이 결정돼 간병인을 구한 후 밤늦게 집에 돌아왔다.
오늘은 낮에 일하다가 연락을 받고 급히 병원에 왔다(병원
식당에서 간단히 저녁을 먹고, 식당 앞 의자에 앉아 이 글을 쓰고
있다).

¶

나는 지금 내 가능성의 시간이 멈춰가고 있음을 느낀다.
그렇더라도 그 시간을 스스로 멈추고 싶은 생각은 없다.
나는 여전히 더 좋은 연구를 하고 싶고, 더 좋은 글을
쓰고 싶고, 더 많은 학생을 만나 내 생각을 나누고 싶다.
아직 알지 못하는 것을 더 배우고 싶고, 세상에 대해 더
잘 이해하고 싶다. 자전거를 타고 세계를 일주하고 싶고,

동화책도 쓰고 싶다. 누군가 내 시간을 강제로 멈추기 전까지는, 나는 무한한 가능성을 믿으며 살아가고 싶다. 내 시간은 하염없이 흔들리지만, 나는 흔들리는 시간을 붙들고 무한을 꿈꾸며 살아가고 싶다.

# 시간에   대해   연구하다

시간은 상대적이다. 시간의 가치는
그 시간에 우리가 하고 있는 것에 의해서만 결정된다.
— 알베르트 아인슈타인

박사과정 시절부터 나는 시간에 대해 연구해왔다. 내가
전공한 분야(마케팅 소비자 행동)에서는 박사과정 학생들도
지도교수의 연구 프로젝트를 돕는 게 아니라 자신만의
주제를 찾는 것이 일반적인데, 당시 내가 선택한 주제가
'시간'이었다. 우연은 아니었을 것이다. 나는 늘 내게 남은
시간을 의식했고, 틈날 때마다 관련 책을 읽으며 시간의
의미에 대해 생각했다.

시간의 물리적 법칙 같은 거창한 내용을 연구한 건

아니다. 내 관심은 사람들 마음속에 존재하는 시간의 상대성이었다. 한 달이라는 기간을 기다려야 한다고 할 때, 어떤 사람은 이 기간을 길게 느낄 것이고 어떤 사람은 아주 짧게 느낄 것이다. 지금은 경영학이나 행동경제학 연구에서 소비자 행동을 예측할 때 이러한 시간의 상대성을 중요한 변인으로 고려하지만, 내가 연구를 시작할 당시에는 이를 연구하는 사람이 없었다. 그래서 시간의 상대성을 연구 주제로 선택했고, 그 이후로 연구를 계속해오고 있다.

¶

시간에 대해 오래 연구한 사람으로서 확실하게 말할 수 있는 것은, 나처럼 시간이 얼마 남지 않았다고 생각하는 것이 삶에 결코 긍정적인 영향을 미치지는 않는다는 점이다.

사람은 현재형 인간과 미래형 인간으로 구분할 수 있는데, 현재형 인간은 지금 당장 얻을 수 있는 것에, 미래형 인간은 미래에 얻을 수 있는 것에 가치를 두는 경향이 있다. 지금 10만 원을 받는 것과 1년 뒤 12만 원을 받는 선택지가 있다고 가정해보자. 현재형 인간은 지금 당장 받는 10만 원을 선택하는 반면, 미래형 인간은 1년 뒤에 12만 원을 받으려고 한다. 또한 지금 당장은 즐거움을 주지만 시간이 흐른 후 고통이 되는 것이 있을 때(맛있지만 몸에 해로운 음식이나 마약 등 향정신성물질 같은 것들이 그렇다) 현재형 인간은 당장의 즐거움 때문에 이것을 취하고, 미래형 인간은 미래의 고통을 피하려고 다른 선택을 한다. 즉, 현재형 인간은 미래를 내다보지 못하고, 미래형 인간은 미래를 생각해 계획을 세운다. 그래서 현재형 인간은 미래형 인간보다 성적이 낮고, 신용점수가 낮으며, 소득 수준이 낮을 가능성이 높다. 또한 알코올에 중독되거나 약물을 남용할 가능성도 높으며, 과소비를 하거나 과체중이 될 확률도 높다.

　사람을 현재형 인간 또는 미래형 인간으로 만드는 요인은 다양하다. 타고난 성향이나 성격, 성장 환경, 교육, 소득 수준 등 여러 요인이 복합적으로 작용한다. 그런데 이런 요인들과 별개로 현재형 인간이 되는 강력한 요인이 있는데, 바로 미래에 대한 인식이다.

미래가 멀리 있다고 느끼는 사람은 지금 당장 자신에게 즐거움을 주는 것을 원하게 된다. 설령 이런 것들로 나중에 병들거나 가난해지더라도 개의치 않는다. 미래는 저 멀리에 있기 때문이다. 반면 미래가 가깝다고 느끼는 사람은 지금 당장은 고통스럽고 힘들어도 미래에 도움이 되는 것을 원하게 된다. 지금의 행동이 가져올 결과를 가늠하기 때문이다.

대학생들을 대상으로 조사해보면 미래를 멀게 인식하는 학생들은 현재형 인간의 모습을 보이고, 미래를 가깝게 인식하는 학생들은 미래형 인간의 모습을 보이는 것을 확인할 수 있다. 입학 초(미래가 멀게 느껴지는 시기)에는 현재형의 모습을 보이다가 4학년이 되면서 미래형으로 바뀌기도 한다. 이처럼 미래에 대한 인식 차이는 오늘을 사는 사람들의 모습에 지대한 영향을 미친다.

¶

나의 경우처럼 남은 시간이 많지 않다고 느끼는 사람은 어떨까? 당연히 현재형 인간이 될 가능성이 높다. 실제로 형에게 사고가 발생한 이후, 나는 미래에 대해 생각하지 못하게 되었다. 이 무렵부터 미래를 계획하는 것이 어려웠다. 휴일에 무엇을 할지, 방학에 무엇을 할지 전혀 생각하지 못했고, 심지어 마트에 가서 일주일치 식품을 구입하는 것도 어려웠다. 수개월에서 수년간 연습해야 하는 일, 가령 악기나 스포츠를 배우는 데는 완전히 흥미를 잃었다.

이런 경향은 지금도 여전하다. 휴일에 무엇을 할지, 어떤 물건을 미리 사놓아야 하는지 계획하는 게 어렵다. 강의도 마찬가지다. 교수가 된 지 15년이 지났지만 여전히 나는 한 학기 동안 내가 다룰 내용과 과제를 미리 정하지 못한다. 내 강의를 수강했던 학생들은 다 아는 사실이다. 강의 주제는 그날 아침이나 강의 도중에 결정된다. 과제도 미리 정해진 것이 없고, 당일에 준다. 내 뇌를 MRI로 스캔해보면 미래의 계획을 관장하는 영역이 아마도 아주 작게 쪼그라들어 있을 것이다. 가족을 떠난 순간부터 나는 완전히 현재에 갇혀 살게 되었다.

¶

앞에서도 언급했지만 현재형 인간은 미래를 고려하지 않고 당장의 즐거움만 추구하기 때문에 삶이 비참하게 끝나기 쉽다. 그런데 나는 현재형 인간인데도 내 지난 24년은 이런 삶과 거리가 멀다. 나는 미래를 제대로 생각하는 능력이 없지만 당장의 즐거움을 선택하지는 않았다. 오히려 이런 것들을 극도로 피했다. 내가 현재의 달콤함을 즐겼다면 박사과정을 끝마치지 못했을 것이고, 교수가 되지 못했을 것이며, 책을 여러 권 쓰지도 못했을 것이다. (실제로 나와 비슷한 상황에 놓인 사람들은 술이나 약물에 의지해 살아가는 경우가 많다. 가족이 아프고 자신의 미래를 더 이상 낙관하기 어려워지면 당장의 쾌락을 추구하게 된다.) 이 부분에서 내 연구와 삶 사이에 모순이 발생한다. 내 연구는 내가 쾌락적이고 자기 파괴적인 삶을 살 것이라고 말하지만, 나는 정반대의 모습으로 살아왔다. 그리고 이 모순을 이해하게 된 것은 비교적 최근의 일이다. 긴 시간이 흐르고 나서야 나 자신의 모습을 객관적으로 바라볼 수 있게 되었고, 비로소 그 이유를 알게 되었다.

# 하루의　가능성에　집착하다

사람의 유일한 라이벌은 자기 자신의 가능성이다.
사람의 유일한 실패는
자신의 가능성에 도달하지 못하는 삶을 사는 것이다.
— 에이브러햄 매슬로

지난 24년간 나를 지배한 감정을 하나 꼽는다면
죄책감이다. 가족을 떠나 미국으로 간 후로 아픈 형과 형을
간병하는 부모님을 두고 왔다는 사실에 몹시 괴로웠다.
단지 간병 부담을 부모님께 떠넘겨서만은 아니었다. 형과
부모님이 더 이상 경험하지 못하게 된 것들 때문이었다.
미국에서 멋진 경관을 보고 있으면 형과 부모님이
생각났다. 식당에 가서 맛있는 것을 먹을 때도 그랬다.
일상에서 즐거움이나 행복감을 느끼는 모든 순간에

죄책감이 일었다.

그러나 죄책감이라는 감정이 부정적인 영향만 준 것은 아니다. 오히려 내 삶에 가장 큰 선물이 되었다. 최근 심리학 연구에 따르면 죄책감은 사람을 지치고 힘들게 하지만 뜻하지 않은 긍정적인 효과도 가져다준다. 더 잘하도록 (그래서 죄책감을 느끼는 일을 만들지 않도록) 노력하게 하는 강력한 동기가 된다. 당시에는 이런 연구 결과를 전혀 알지 못했고 내 행동의 이유도 물론 알 수 없었지만, 돌이켜보면 이보다 내 지난 삶을 잘 설명해주는 것도 없다. 죄책감으로 괴로웠지만, 마음의 고통은 오히려 잘 살아가도록 나를 다그쳤다.

¶

형은 내게 무한한 가능성을 가진 영웅이었다. 신화 속 영웅들의 서사를 분석한 종교학자 조지프 캠벨*Joseph Campbell*에 따르면 영웅들의 삶에는 공통점이 있다. 우선 평범하게 살던 인물이 어느 날 갑자기 모험을 떠나게 된다. 처음에는 모험에 필요한 능력이 부족하지만 좋은 스승을 만나 수련을 거쳐 능력을 발전시킨다. 모험 과정에서 많은 장애물과 적을 맞닥뜨리지만 조력자와 친구들 덕분에 다 극복한다. 그리고 마지막에는 보물을 찾아 집으로 돌아와 많은 사람에게 환영받는다. 다양한 신화에 등장하는 영웅들은 대개 이러한 서사를 가지고 있다(영화 〈스타워즈〉의 주인공 루크 스카이워커도 마찬가지다).

형의 삶도 이 서사대로였다. 병약하게 태어났고, 평범하게 살다가 어느 날 대학을 그만두고 새로운 분야로 모험을 떠났다. 이 과정에서 재능을 알아봐준 스승을 만났고, 좋은 친구들을 만났다. 그리고 더 큰 모험을 떠날 준비를 시작했다. 나는 형에게서 미지로 향한 항해를 앞둔 모험가의 모습을 보았다. 형 앞에는 놀라움과 신비로움이 가득한 시간이 무궁무진하게 펼쳐질 것 같았다. 앞으로 무엇을 해야 할지 아무 생각 없이 살던 내게 형은 존경과 부러움의 대상이었다.

하지만 형은 모험을 시작도 못 했다. 배에 올라 잘 다녀오겠다고 손을 흔들며 바다로 나아갔지만, 며칠 만에 거센 파도에 휩쓸려 배는 산산조각이 났고, 형은 큰 부상을 입었다. 내 영웅의 시간은 그렇게 허무하게 끝이 났다.

¶

가능성을 잃은 사람을 곁에서 보는 것은 고통스럽다.
그것이 내가 집을 떠나기로 결심한 가장 큰 이유다.
중증환자를 돌보는 일 자체는 육체적으로 힘들긴 해도,
사실 누구나 할 수 있다. 지금도 병원마다 많은 가족과
'여사님'(환자가 간병인을 부르는 일반적인 호칭)이 고된
간병을 해내고 있다. 환자 가족을 지치게 하는 것은
마음의 고통이다. 나는 형을 보는 게 힘들어 떠났고,
내내 죄책감에 시달렸다. 그리고 어느 순간 그 죄책감은
가능성에 대한 집착으로 바뀌었다.

내 가능성을 펼치는 것이 형을 위하는 일 같았다. 형의
몫까지 실현하는 것이 내 의무이자 책임처럼 느껴졌다.
형이 한순간에 잃어버린 가능성을 나만 갖고 있다는
마음의 짐을 덜기 위해서였는지도 모른다.

내가 믿은 가능성은 크게 성공하거나 부자가 되는
것처럼 거창한 게 아니었다. 현재형 인간에게 미래의
꿈 같은 건 매우 비현실적이다(솔직히 박사과정 시절 내내
교수가 될 수 있을 거라고는 생각하지 않았다). 나는 그저 '오늘

하루'의 가능성을 믿었다. 하루는 가능성을 실현하기에
충분한 시간이다. 연주자라면 하루 동안 어제보다 더 좋은
연주를 할 수 있고, 운동선수라면 어제보다 더 나은 실력을
연마할 수 있다. 나 같은 학자라면 하루 동안 더 많은 것을
이해하게 될 수 있다. 하루는 거창한 꿈을 가진 사람에게는
너무 짧은 시간일 테지만, 더 나아지겠다는 마음을 품은
사람에게는 그 무엇보다도 소중한 시간이다.

　나는 어제의 나보다 오늘 더 나은 사람이 될 수 있다는
가능성을 믿기 시작했다. 연구자의 길을 걷기 시작한
나로서는 어제보다 조금 더 많은 것을 이해하고, 어제보다
조금 더 좋은 생각을 하는 것을 의미한다. 또한 논문이나
책을 쓰고 있다면 어제보다 더 좋은 글을 쓰고, 더 많은
문장을 쓰는 것이다. 나는 이런 것들에 강하게 집착했고,
이런 집착은 시간에 대한 내 관점을 바꿨다. 하루는 아침에
눈떠서 밤에 잠들 때까지 대략 16시간 정도의 시간일 뿐
그 이상도 이하도 아니었지만, 이제 내 가능성을 실현하기
위한 소중한 자원으로 인식되었다. 오늘이 내 가능성을
위해 쓸 수 있는 마지막 시간일지도 모르기 때문에 주어진
모든 시간이 소중하게 느껴졌다. 여전히 나는 미래에 대해

생각하거나 계획하기 어려워하고, 먼 미래에 무언가를
이루거나 무엇이 되겠다는 거창한 꿈 같은 건 갖지 않지만,
오늘이라는 시간이 무의미하게 흘러가게 놔두지 않는다.
이것이 내가 미래를 생각하지 못하는 현재형 인간이지만
마음이 무너지지 않을 수 있던 이유다.

¶

지난 20여 년을 한결같이 오늘이 내게 주어진 마지막
시간일지 모른다고, 오늘이 지나면 내 가능성이 모두
사라질 거라고 생각하며 살았다. 먼 미래에 대한 계획이나
꿈 같은 것 없이 하루살이처럼 그저 하루하루를 살았지만,
그 하루 동안 어제보다는 나은 내가 되기를 바랐다.
매일매일 더 많이 알고, 더 많이 이해하고, 더 많은 글을
쓰려고 노력했다.

세상에는 나보다 뛰어나고 성공한 사람이 수없이 많다.
하지만 그들처럼 되고 싶은 마음은 없다. 나는 그저 내게
주어진 하루에 감사하며, 말 그대로 하루하루를 살아갈
뿐이다. 내 하루의 가능성을 믿지 않았다면 나는 지금

형편없는 인간이 되었을 것이다. 24년 전 내게는 아무런 가능성도 보이지 않았다. 나는 절망했고, 슬퍼했고, 때때로 세상과 내 운명에 분노했다. 하지만 흔들리는 시간을 붙잡아 그 끝자락에 매달린 채 지금까지 살고 있다. 그것만으로도 나는 충분히 만족한다.

지금 당장 내 시간이 끝난다 해도 아무 미련이 없다. 미련이나 후회가 남지 않는 삶보다 성공적인 삶이 있을까? 그래서 지금 이 순간에도 나는 오늘 하루만을 바라보며 산다. 내 시간이 언제 어떻게 끝날지 알 수 없지만, 내 하루가 가진 가능성을 믿고 살아갈 것이다.

## 2장

# 하루를 사는 마음

작은 꿈에는 숨겨진 다른 욕심이 없다.
하루의 가능성을 믿고 살아가는 사람에게
유일한 비교 대상은 자기 자신이다.
어제의 '나보다' 더 나은 내가 되기를 바랄 뿐이니까.
작고 소박한 꿈을 품은 사람은 그저 정직하게 자신과 싸운다.

하루의  가능성


  20여 년 전 나를 붙잡아준 것은 하루가 가진 가능성에
대한 믿음이었다. 그때나 지금이나 나는 큰 꿈을 가지고
있지 않다. 그저 오늘 하루 내가 할 수 있는 것만
생각하며 살아간다. 물론 한때는 나도 꿈이 있었다.
중학생 때는 영화감독이 되고 싶었고, 고등학생 때는
방송국 다큐멘터리 PD가 꿈이었다. 대학 시절에는 문화를
다루는 잡지를 만들고 싶었다. 하지만 형의 사고 이후로
내 인생에서 꿈은 모두 사라졌다. 먼 미래의 일을 생각할
여유도 없었고, 그럴 만한 여건도 되지 않았다. 미래에
대한 목표나 계획 같은 것은 사라졌고, 오늘이나 단기간에

이룰 수 있는 것만 생각했다. 그렇게 내 꿈은 한없이
작아졌다.

¶

    중학교 3학년 영어 수업 첫날, 선생님이 칠판에 'Boys,
be ambitious'라고 적으며 사람은 야망을 가져야 한다고
말했다. 이 말을 들려주며 흡족해하던 선생님 표정이
지금도 생생하게 떠오른다. 많은 사람이 중학교 영어
시간에 이 문장을 배웠을 것이다. 세상은 사람들에게 꿈을
크게 가지라고 말한다. 꿈이 큰 아이는 어른들로부터
훌륭하다고 칭찬받는다. 입사 면접에서는 꿈의 크기가
능력에 비례하는 것처럼 여겨진다. 꿈이 작거나 없는
사람은 한심하다는 평가를 듣기도 한다. 드라마나 영화 속
주인공들도 대개 큰 꿈을 가진다.
    하지만 누구나 큰 꿈을 가질 수 있는 건 아니다. 주어진
시간이 별로 없거나, 꿈을 이루기 위한 자원이 없는
경우도 있다. 이 경우 큰 꿈은 자칫 망상이나 욕심이 될
수 있다. 남들 눈에는 작은 꿈일지라도 자신의 현실을

반영한 꿈이라면 충분히 큰 꿈이라 할 수 있다. 오늘 하루 내 가능성을 조금이라도 실현하겠다는 것 역시 내게는 큰 꿈이다.

큰 꿈이 반드시 좋은 것도 아니다. 큰 꿈에는 '남들보다'라는 마음이 숨어 있는 경우가 많다. 크게 성공하고 싶은 꿈에는 남들보다 성공하고 싶은 욕구가 숨어 있고, 부자가 되고 싶은 꿈에는 남들보다 부유하고 싶은 마음이 담겨 있다. 그래서 큰 꿈을 품은 사람은 남을 이기려 안간힘을 쓰고, 그러다가 파멸에 이르기도 한다. 아무리 성공해도 세상에는 그보다 더 성공한 사람이 있기 마련이라 당연히 꿈도 이루지 못한다.

하지만 작은 꿈에는 숨겨진 다른 욕심이 없다. 하루의 가능성을 믿고 살아가는 사람에게 유일한 비교 대상은 자기 자신이다. 어제의 '나보다' 더 나은 내가 되기를 바랄 뿐이니까. 작고 소박한 꿈을 품은 사람은 그저 정직하게 자신과 싸운다.

나는 작고 소박한 꿈을 사랑한다. 그런 꿈에는 타인이 들어설 자리가 없다. 오늘 하루 조금 더 배우겠다는 꿈,

조금 더 좋은 음식을 만들겠다는 꿈, 조금 더 기록을
향상시키겠다는 꿈에는 타인과의 비교가 필요하지
않다. 오직 자신만을 위한 꿈이고, 자신만이 이룰 수
있는 꿈이다. 그래서 가장 완전한 꿈이다. 또한 자신이
처한 현실을 이겨내기 위해 최선의 노력을 하게 만드는
꿈이므로 그 무엇보다 거대한 꿈이다. 작지만 거대한 꿈,
이것이 내가 사랑하는 꿈이다.

# 하루의  길이


하루의 가능성을 믿고 살기 시작한 이후, 신기한
변화가 하나 생겼다. 하루가 길어진 것이다. 물론 시간
자체가 길어진 것은 아니다. 아무리 간절히 원해도
시간은 늘어나지 않는다. 그보다는 남은 시간에 대한
느낌이 달라졌다고 말하는 편이 정확할 것이다. 아침에
눈떠서 하루를 생각할 때 내게 충분히 많은 시간이 있는
것처럼 느껴진다. 이 느낌이 오늘 많은 일을 해낼 수 있을
것이라는 힘과 용기를 갖게 한다.

우리가 느끼는 시간의 양은 시간을 둘러싼 경계선의
영향을 받는다. 경계선이 없는 시간은 짧게, 경계선이

분명한 시간은 길게 느껴진다. 화요일부터 목요일까지 2박 3일의 일정으로 해외에 간다고 생각해보자. 이럴 때 우리 머릿속에는 3일간 있을 일에 대한 생각뿐이다. 목요일과 금요일 사이에 경계선이 생기는 것이다. 목요일 이후의 시간은 머릿속에 존재하지 않기 때문에 이 3일은 길게 느껴진다. 2박 3일 동안 많은 일을 할 수 있을 것 같은 기대감이 생긴다. 반면 똑같은 일정으로 회사 업무를 하는 경우라면 목요일과 금요일 사이에 경계선이 생기지 않는다. 목요일 이후에도 업무는 계속되기 때문에 머릿속에는 금요일 업무, 그다음 주 업무도 자리한다. 몇 주 후의 업무까지 생각하게 될 수도 있다. 그러다 보니 같은 3일이 상대적으로 짧게 느껴진다. 이것이 시간의 경계선이 만들어내는 효과다.

나는 오늘만 보고 살아간다. 내일은 잘 생각하지 않는다. 그래서 매일같이 오늘과 내일 사이에 분명한 경계선이 있다. 오늘은 긴 시간 중 한 부분이 아니라 유일한 시간으로 존재한다. 하루가 충분히 길게 느껴진다.

경계선이 확실하면 미래에 대한 걱정이나 준비 때문에

오늘을 망치는 일은 생기지 않는다. 며칠 후나 몇 주 후에 중요한 일이 있으면 사람들은 그 일을 미리 생각한다. 중요도가 높을수록 그 일이 머릿속을 차지하는 비중도 높다. 그 생각으로 오늘에 집중하지 못한다. 불필요하게 긴 시간 동안 미래의 일을 준비하게 된다. 서너 시간 정도면 쓸 수 있는 원고가 일주일 후 마감인 상황을 생각해보자. 미래를 생각하는 사람이라면 지금부터 원고를 붙들고 필요 이상으로 오래 일하거나, 원고 걱정으로 다른 일을 못 할 수 있다. 미래에 대한 생각으로 많은 시간을 낭비하는 것이다. 반면 미래를 전혀 생각하지 않는 사람은 마감 전날까지 원고 생각을 전혀 하지 않고 다른 일에 집중할 수 있다.

¶

우리에게 주어진 시간은 늘 부족하다. 매일 충분한 수면을 취할 시간이 필요하고, 식사와 샤워, 휴식을 위한 시간도 필요하다. 그래서 하루라는 시간이 어떤 일을 하기에는 턱없이 부족하게 느껴질 수 있다. 하지만 내일에

대해 생각하는 것을 멈추면 하루가 길어진다. 내 가능성을

조금이라도 실현하기에 충분히 긴 시간처럼 느껴진다.

많은 일을 해낼 수 있을 것 같다. 그 기분은 분명 힘이 되고

용기가 된다. 내일이 없기 때문에 오늘 하루의 가능성이 더

커지는 것이다.

## 순간의  기쁨

　이 글을 쓰는 오늘은 추석이다. 아버지는 지난 주말 간병인이나 보호자가 들어갈 수 없는 병실로 옮겨졌다. 어머니와 나는 형을 데리고 투석 병원에 갔다. 아버지가 하시던 일이었으나 아버지가 암에 걸리신 후 어머니가 하셨다. 하지만 중증장애인인 형을 데리고 이틀마다 병원에 가는 건 고령의 어머니에게 몹시 힘에 부치는 일인데다 최근 장애인택시 이용자가 크게 늘어 원하는 시간에 장애인택시를 타기도 쉽지 않다. 그래서 요즘은 내가 종종 이 일을 대신한다.

　내 차에는 나, 어머니, 형, 활동보조인까지 넷이 있었다.

트렁크에 휠체어와 병원 간호사들에게 줄 과일상자도 실었다. 내 차가 이렇게 가득 찬 것은 실로 오랜만이었다. 길을 나서니 온 가족이 여행을 떠나는 기분이 들었다. 내가 "우리 여행 가는 것 같네요"라고 말하자 모두 웃었다. 아주 짧은 순간이었지만 난 진심으로 행복하다고 느꼈다. 형과 어머니도 조금은 그랬을까. 함께 웃은 시간은 1, 2초에 불과했지만 그 순간이 영원처럼 느껴졌다. 그 순간의 행복감이 긴 여운을 남겼다.

이런 것이 내가 요즘 느끼는 행복이다. 일상적으로 즐거움이나 행복감을 느끼기는 어렵지만, 어떤 찰나에 커다란 기쁨과 행복감을 느낄 때가 있다. 고통으로 힘들어하는 아버지가 내가 한 이야기에 잠깐 미소를 짓는 찰나, 내가 한 이야기에 어머니 얼굴에 잠시나마 웃음이 어리는 찰나. 그런 순간은 물리적으로 아주 짧지만 무한한 것처럼 느껴진다. 찰나의 순간이 내게 무한의 시간이 되는 것이다.

행복을 연구하는 심리학자들은 아무리 불행한 일을 겪더라도 행복감은 원래 수준으로 돌아온다고 말한다.

사고로 장애를 얻은 사람의 행복도를 긴 시간 추적
조사하면, 처음에는 행복도가 낮아지지만 시간이 흐르면
원래 수준을 회복한다는 것이다. 예전에는 이런 연구
결과를 믿지 않았다. 형의 사고 이후, 우리 가족의
행복도는 한없이 추락해 조금도 회복되지 않았기
때문이다. 하지만 삶 전반에 대한 행복도가 아니라 순간의
행복도에 대한 얘기라면 충분히 납득할 수 있다. 오늘도
병원에 가는 차 안에서 나는 잠시나마 큰 행복감을
느꼈으니까.

언제부터인가 나는 삶 전반에 대해 생각하는 일을
그만두었다. 그 대신 순간순간에 집중하고 있다. 아주
잠깐이라도 형과 부모님이 웃으면 행복감을 느낀다.
아무리 긴 시간도 지나고 나면 짧은 순간처럼 느껴지듯,
아무리 짧은 순간도 아주 긴 시간처럼 느껴질 때가
있다. 그 순간의 기쁨과 행복감을 만끽하고 그 순간의
아름다움에 심취할 때 그렇다. 찰나의 순간이 영원 같다.
우리에게 주어진 시간이 얼마 없어도, 순간에 집중한다면
우리는 영원한 삶을 살 수 있을 것이다.

무한의  시간


　　예전에 진행하던 연구 프로젝트가 떠올랐다. 슬로모션
기법에 관한 것이었다. 드라마나 영화에서 매력적인
인물이 등장할 때 종종 슬로모션을 사용한다. 이런 기법을
쓰는 이유는 매력적인 인물을 볼 때 실제로 시간이 멈춘
듯한 느낌이 들어서다. 내가 진행했던 연구는 이 효과를
역으로 이용하는 것이었다. 매력적인 인물을 볼 때 시간이
멈춘 것처럼 느껴진다면, 시간이 멈춘 듯한 느낌을 주면
보고 있는 인물에 호감을 갖게 되지 않을까? 이것이 연구
가설이었다. 외국 대학의 동료 연구자와 다양한 제품의
영상을 슬로비디오로 보여주고, 제품의 매력도를 평가했다.

일정 수준 이상으로 영상이 느려지면 실제로 제품의 매력도가 증가하는 효과가 나타났다. 광고에서 제품을 슬로모션으로 보여주는 건 이 때문일 것이다.

매력적인 인물이나 제품을 볼 때 시간이 멈추거나 느리게 흐르는 것처럼 느끼는 이유는 그 순간 뇌의 집중력이 높아져서다. 삶에 중요한 대상이 있을 때 뇌는 평소보다 집중해서 많은 정보를 처리한다. 단기간에 뇌가 처리하는 정보가 크게 늘면 시간이 멈추거나 느리게 흘러가는 것처럼 느껴진다. 위험에 처한 순간도 마찬가지다. 상황에 대한 집중도가 일시적으로 크게 증가해 시간이 멈춘 듯한 느낌이 드는 것이다. 1초가 몇 분처럼 말이다.

뇌가 가진 이런 특성을 활용하면 시간이 느리게 흘러가게 만들 수 있다. 의식적으로 뇌의 순간적인 집중력을 높이는 것이다. 가령 나무에서 꽃잎이 떨어질 때 모든 감각을 꽃잎에 집중한다. 꽃잎이 떨어지는 방향과 속도, 꽃잎의 모양, 햇빛에 반사돼 순간순간 변하는 색, 바람의 세기 등 그 순간의 모든 것에 집중하면, 시간이 멈춘 것처럼 그 순간이 길게 느껴진다. 꽃잎이 떨어지는 몇 초의 순간이 무한의 시간이 된다.

나는 꽃잎이 떨어지는 모습을 바라보는 걸 좋아한다. 특히 봄날 벚꽃이 떨어지거나 가을날 노란 은행잎이 떨어지는 것을 바라보기를 좋아한다. 비 오는 날 빗소리를 듣는 것도 좋아한다. 길에 빗방울이 떨어지는 소리도 좋지만 우비를 입고 빗속에 서서 빗방울이 내 머리로 떨어지는 소리를 듣는 게 더 좋다. 그래서 비 오는 날이면 아무도 찾지 않는 공원에 우비를 입고 나가곤 한다. 그곳에 있으면 내 우비를 때리는 빗방울 소리가 더없이 크게 들리고, 습기를 잔뜩 머금은 흙냄새도 가득 밀려든다. 화창한 날 구름을 보는 것도 좋아서 구름이 모양을 바꿔가며 흘러가는 걸 하염없이 바라본다.

이런 순간순간에 내 오감을 꽃잎의 움직임, 빗소리, 흙냄새에 집중시킨다. 그러면 영원의 시간 속에 있는 기분이 든다. 순간순간 영원을 경험하면 내게 주어진 시간이 짧다는 생각이 들지 않는다. 이미 영원 속에 살고 있기 때문이다.

# 어제의　고마움

　오전 9시부터 오후 1시까지 네 시간 동안 강의를 하고
연구실로 돌아왔다. 그사이 아버지 병실에서 전화가
세 통이나 와 있었다. 전화를 걸어보니 병실에 상주할
가족 보호자가 필요하다고 했다. 상주할 보호자란 나를
의미했다. 직업 간병인은 안 된다고 했기 때문이다. 갑자기
머릿속이 복잡해졌다. 내일은 국회에서 열리는 포럼에
토론자로 참석하고, 모레는 학교 강의가 두 과목 있다.
병원에서 쪽잠을 자고 간병을 하면서 이 일정들을 소화할
수 있을지 자신이 없었다. 조금 막막했다. 그런데 불현듯
감사하다는 마음이 밀려왔다. 아무 일도 없었던 어제에

대한 감사함이었다.

가족 중에 중증환자가 있으면 언제 무슨 일이 생길지 알 수 없다. 응급실에 가거나 외래 진료를 갔다가 바로 입원하게 되는 경우가 잦다. 형이 거동이 가능했을 때는 혼자 집을 나갔다가 뇌전증으로 거리에서 쓰러지는 일도 많았다. 이런 일을 20년 넘게 겪고 나면 아무 일도 일어나지 않은 날에 감사하게 된다.

어제는 일요일이었다. 공저자들과 마무리 중인 논문을 몇 시간 동안 작업했고, 강의 준비를 했고, 이 책에 들어갈 글도 썼다. 아이와도 놀아주었다. 내게는 더없이 좋은 하루였다.

아무 일도 일어나지 않은 하루에 감사하는 것이 흔한 경우는 아닐 것이다. 대부분은 별다른 일이 생기지 않기 때문에 아무 일도 일어나지 않는 걸 당연하게 여긴다. 그래서 평소보다 좋은 일이 생겨야만 좋은 하루로 느낀다. 하지만 언제 갑자기 안 좋은 일이 생길지 모르는 삶을 살다 보면 아무 일도 일어나지 않은 날이 좋은 날이 된다.

사람의 마음은 참 신기하다. 남들에게는 힘든 인생처럼

보일지 몰라도 하루하루가 좋은 날이 되기도 하고, 남들에게는 평안해 보이는 하루하루가 불만족스럽거나 지루한 나날이 되기도 한다. 행복한 삶을 사는 사람도 행복을 전혀 느끼지 못할 수 있고, 불행한 삶을 사는 사람도 큰 행복감을 느끼며 살 수 있다.

시간이 지날수록 내 삶의 행복과 불행의 경계가 흐릿해진다. 행복이 불행이고, 불행이 행복처럼 느껴진다. 소리의 진동이 위아래로 크게 요동치다가 어느 순간 일직선이 되면서 고요해지듯이, 내 마음도 행복과 불행 사이를 오가며 서서히 진폭이 줄어들고 있다. 아직은 크고 작은 진동이 생기긴 하지만, 언젠가는 무한한 고요함의 경지에 이를 수 있기를 꿈꾼다.

# 작은　존재

미국에 있을 때 다른 전공에 친하게 지내던 교수가
있었다. 다섯 아이를 둔 엄마였다. 다섯 아이를 키우면서도
논문을 계속 써낼 만큼 열정적이었다. 그녀의 모습은
나를 늘 반성하게 했다. 나는 그녀와 함께 연구하는 것이
좋았다. 우리는 다양한 프로젝트를 진행했다. 그중에는
진지한 마음 반, 장난스러운 마음 반으로 시작한 것도
있는데, 사람들이 스스로 생각하는 자아의 크기를 바꾸는
실험도 그중 하나다.

어떤 사람들은 자신을 아주 대단한 존재로 생각하고,
어떤 사람들은 미약한 존재로 느낀다. 우리는 이것을

'자아의 크기'라고 정의했고, 경외감을 이용해 사람들이 생각하는 자아의 크기를 바꿀 수 있는지 실험해보았다. 경외감은 거대한 자연이나 미지의 존재에 대해 느끼는 두려움으로 자신이 작게 느껴지는 감정이다. 거대한 암벽이나 폭포 앞에 섰을 때, 자연재해를 맞닥뜨렸을 때 이를 느끼게 된다. 우리는 실험 참가자들에게 지구가 우주에서 얼마나 작은 별인지 알려주는 영상을 보여주고 그들이 느끼는 자아의 크기를 측정했다. 반대로 눈에 보이지 않는 미생물과 인간의 크기를 비교하는 영상을 보여주기도 했다. 내가 갑자기 한국으로 돌아오면서 이 프로젝트는 중단되었지만, 지금 생각해봐도 재밌는 실험이었다.

당시 내가 이런 연구를 시작하게 된 것은 나 자신이 한없이 작게 느껴졌기 때문이다. 형의 사고로 나는 세상에 큰 두려움을 가지게 되었다. 그전에는 아무 두려움이 없었다. 무엇이든 될 수 있을 것 같았고, 무슨 일을 해도 괜찮을 것 같았다. 풍요로운 시대에 태어난 X세대는 자신감으로 가득 차 있었다. 하지만 갑작스럽게 찾아온 불행 앞에서 나는 한없이 작아졌다. 이런 생각들이 자아의 크기에 대한 연구로 이어진 것이다.

여전히 나는 크고 무서운 세상에서 작고 미약한 존재 같다. 굳이 거대한 암벽이나 조형물 앞에 서지 않아도, 홍수나 지진 같은 자연재해를 겪지 않아도 늘 그렇게 느낀다. 하지만 이런 느낌이 싫지는 않다. 그 덕분에 전에 보지 못하던 것을 보게 되었기 때문이다.

스스로를 작은 존재로 여기다 보니 남을 이기거나 남들보다 높은 자리에 오르고 싶다는 욕망이 생기지 않는다. 애초에 그런 것은 나와 상관없는 일 같다. 그래서 큰 욕망에 수반되는 괴로움도 없다. 또 약한 것들에 관심과 애정을 갖게 되었다. 몸이나 마음이 아픈 사람, 뭔가 부족한 사람, 자신감이 없는 사람, 힘없는 사람에게 유대감을 느끼고 이들을 응원하게 되었다. 사소한 것에 대한 집착도 사라졌다. 나 자신이 아무것도 아니라고 느끼기 시작한 순간부터 성공이나 명예, 사소한 오해나 갈등 같은 것에 무관심해졌다. 그래서 내가 작고 약한 존재라고 느껴지는 것이 좋다.

¶

　인간은 생존의 위협을 느낄 때 거대해지고 강해지고
싶다고 욕망하게 된다. 이는 모든 생물의 본능이다. 위협을
느끼면 동물은 주로 몸을 세우거나 털을 부풀려 몸집을
최대한 크게 만든다. 울음소리를 크게 내기도 한다. 사람도
가슴을 부풀리거나 턱을 치켜든다. 모두 강해지고 싶다는
욕망에서 비롯된 행동이다. 커다란 자동차나 큰 집을
구매해 자신의 강함을 보여주기도 한다. 사람들이 일상
속에서 위협을 많이 느끼는 지역일수록 대형 자동차의
판매량이 증가한다는 조사 결과도 있다. 물론 생존뿐
아니라 자존감에 위협을 느낄 때도 이런 행동이 나타난다.

　하지만 몸을 키우고 커다란 자동차를 탄다고 해서
실제로 강해지는 것은 아니다. 단지 거대한 무언가로
자신의 약한 마음을 감추는 것뿐이다.

　자신의 나약함을 마주하고, 자신의 운명에 굴복하지
않으며, 자신의 한계를 뛰어넘기 위해 노력하는
마음이야말로 진정 강하다고 할 수 있다. 이런 마음은 클
필요도 없다. 작더라도 단단하면 된다. 작고 미약한 존재도

마음만큼은 세상 그 누구보다 강할 수 있다. 나는 그렇게 믿는다.

요즘 주위를 둘러보면 거대한 자아를 가진 사람이 많다. 한없이 작은 자아를 커다란 물건이나 높은 지위로 감추려는 사람도 많다. 치열한 경쟁에 내몰린 채 자란 탓일 것이다. 게다가 경외감을 느낄 기회도 그다지 없다. 그래서인지 많은 사람이 거대함에 대한 욕망을 가진다. 자아가 거대한 사람들 속에서 나는 가끔 숨이 막힐 것만 같다. 하지만 그들처럼 거대해지고 싶지는 않다. 나는 한없이 작고 나약해지고 싶다. 존재는 작고 나약하지만 마음만은 강한 사람으로 살아가고 싶다.

# 존재　증명

내가 대학생이었을 때 형이 TV에 나온 적이 있다.
예술학교 학생들의 삶을 보여주는 다큐멘터리였는데,
형은 왜 이렇게 열심히 그림을 그리느냐는 질문에 "그것이
나의 '존재 증명'이다"라고 대답했다. 멋진 말이었지만 그
당시에는 그 의미를 전혀 이해하지 못했다. 예술학교에
다니는 멋있는 형이 TV에 나와 멋있는 말을 한다고
생각했을 뿐이다. 지금은 '존재 증명'이라는 말의 뜻을
조금은 알 것 같다.

형은 미숙아로 태어나서 어릴 때부터 마르고 허약했다.
부모님은 형이 좀 더 튼튼해지길 바라서 태권도장에

보냈는데 형은 그곳에서 몇 번이나 기절을 했다. 이런 형이
어떠했을지는 어렵지 않게 상상할 수 있다. 아마도 자신이
작고 미약한 존재라고 느꼈을 것이다.

작고 미약한 존재들은 남을 이기거나 그들 위에
올라서겠다는 생각을 하기 어렵다. 그렇다고 작은
미생물처럼 아무 흔적 없이 살다 가고 싶은 건 아니다.
사람은 누구나 자신이 가치 있다고 느끼고 싶어 한다. 다만
자신의 가치를 증명하는 방법은 다르다. 거대한 자아를
가진 사람이 높은 지위나 많은 부를 통해 자신의 가치를
드러내려 한다면, 자신이 작고 미약하다고 생각하는
사람은 세상에 자신만의 무엇인가를 만들어냄으로써
자신의 가치를 인정받고 싶어 한다. 이것이 형이 말한
'존재 증명'이다.


내가 형의 말을 조금이라도 이해하게 된 것은 어느
순간부터 내게도 '존재 증명'에 대한 욕구가 생겨났기
때문이다. 형의 사고 이후로 명예나 부에 대한 욕망은
사그라들었다. 남을 이기고자 하는 마음도 생기지 않는다.
그 대신 나만의 무언가를 만들어내고 싶다는 욕구가

강하게 생겨났다. 이것이 내가 책을 쓰기 시작한 이유다.

내게 책은 다른 무엇을 얻기 위한 수단이 아니다. 내 책에는 한국 대기업을 비판하는 내용이 가득하다. 대부분이 A라고 말할 때 혼자 B라고 주장하는 내용도 많다. 성공이나 지위를 원하는 경영학과 교수라면 하지 않을 일이다. 출판 시장을 고려하지 않고 생각들을 무작정 쓰다 보니 트렌드와 맞지 않는 경우도 많다. 출판사와 계약을 맺고도 출판되지 않기도 한다. 지금까지 일곱 권을 냈는데, 출간되지 못한 원고가 이보다 많다. 그래도 나는 글쓰기를 멈추지 않는다. 글쓰기는 뭔가를 얻기 위한 수단이 아니라 내 삶의 목적이자 내 존재를 증명할 수 있는 유일한 방법이기 때문이다.

많은 사람이 나와 비슷한 이유로 물건을 만들고, 그림을 그리고, 음식을 만들 것이다. 성공하거나 돈을 벌기 위해서가 아니라 자신의 존재 가치를 느끼고 싶어서 말이다. 내가 그런 것처럼 이들이 만든 것들도 많은 사람의 인정을 받지 못할지 모른다. 대개는 철저하게 상업적인 목적으로 만든 것이 좋은 반응을 얻기 마련이니까. 하지만 상관없다. 내가 원하는 것은 진심에서 우러나온 인정이다.
많지 않더라도 내 노력을 진심으로 인정해주는 사람을
만나는 것으로 충분하다. 진심 어린 인정으로 존재는
충분히 증명된다. 아무리 작고 미약한 존재처럼 느껴져도
누군가 내 노력을 인정해주는 순간 큰 힘과 용기를 얻는다.
그래서 오늘도 내 노력을 진심으로 응원하고 인정해주는
사람을 만나기 위해 이렇게 글을 쓰고 있다.

# 장인

나는 장인들을 좋아한다. 장인은 숙련된 손기술을 가진 사람으로, 가구, 공예, 문구, 패션, 음식 등 손으로 만드는 모든 분야에 존재한다. 그런데 내가 생각하는 장인은 생계나 성공을 위해 기술을 연마하는 사람과는 다르다. 이들은 기술자일 뿐이다. 장인은 자신의 존재를 증명하기 위해 평생을 노력하는 사람이다.

장인과 기술자를 구분하는 건 쉽다. 성공한 후의 모습을 보면 된다. 장인은 어느 정도 성공을 거두어도 노력을 멈추지 않는다. 잘 판매되는 물건이나 익숙한 방식을 버리고 끊임없이 새로운 것을 시도한다. 이들의 노력은

죽는 날까지 계속된다. 반면 기술자는 성공했다고 느끼는 순간 변한다. 다른 시도를 하는 것이 두렵거나 그럴 필요가 없기 때문에 더 이상 발전하지 않는다. 인정받은 방식을 평생 반복한다. 자기 일을 남에게 맡기거나 이름만 빌려주기도 한다. 다른 사람의 것을 쉽게 가져가기도 한다.

내가 좋아하는 김밥집이 있다. 해외에도 소개된 적이 있는 곳이다. 김밥의 구성이나 식감, 포장 등 모든 것이 전에 없던 방식이다. 창업자는 60대 후반의 여성인데 김밥에 이분의 존재가 그대로 묻어난다. 이분은 돈 욕심이 없다. 전국에 많은 수의 가맹점이 있지만 로열티를 받지 않는다. 재료도 본사에서 지점에 판매하는 방식이 아니라 본사와 지점이 공동으로 구매한다. 자신의 김밥을 판매하는 모든 사람과 함께 잘 사는 것이 이분의 꿈이다. 진정한 장인이라 할 수 있다.

그런데 최근 이곳을 모방한 김밥집이 여기저기에 생겨나고 있다. 재료 구성부터 포장까지 똑같다. 성공만 보는 사람은 다른 사람이 만든 것을 쉽게 가져간다. 하지만 존재 증명을 위해 살아가는 사람은 그러지 않는다. 다른 사람의 노력을 소중하게 여기기 때문이다. 장인은 다른 장인을 존경하고 존중한다.

예전에는 한국에 장인은 없고 기술자만 많다고 느꼈다. 하지만 지금은 아니다. 젊은 세대에서 수많은 장인이 생겨나는 중이다. 세상에 자신의 존재를 증명하기 위해 온 힘을 다해 노력하는 젊은이가 많다. 아직 기술이 부족하고 많은 사람의 인정을 받지는 못해도 자기와 치열하게 싸우는 사람들을 보면 기분이 좋다. 진심으로 그들을 응원하게 된다.

어쩌면 우리 사회가 장인을 만들어내고 있는지도 모르겠다. 현실이 큰 자연재해와 같아 청년들을 작고 미약한 존재로 만드는 건 아닐까. 그래서 존재 증명에 대한 열망을 가진 젊은이가 많아지는 것일지 모른다. 이유가 무엇이든 나는 모든 장인과 장인이 되기 위해 노력하는 사람들이 좋다. 이들은 선한 마음을 가지고 있고, 이들이 만드는 것에는 진심 어린 노력이 담겨 있다. 장인의 길을 걷는 이 땅의 모든 젊은이를 진심으로 응원한다.

# 싸울 상대

외딴섬에서 텔레비전이나 인터넷 없이 혼자 살고 있다고 상상해보자. 당신은 그 삶에 만족할까, 불만족할까? 아마 둘 다 아닐 것이다. 만족과 불만족을 판단할 비교 대상 자체가 없으니, 이를 생각조차 하지 않고 살아갈 것이다.

만족이라는 경험에는 판단 기준점이 필요하다. 그래서 삶에 대한 만족도는 주변 사람들에게 영향을 받게 된다. 주변 사람들이 자신보다 돈을 잘 벌고, 지위가 높고, 행복해 보인다면 삶이 만족스럽지 못할 것이다. 반대로 자신이 다른 사람들보다 더 많은 것을 가지고 있다면 만족스럽다고 느낄 것이다.

이 시대를 살아가는 사람들은 자신보다 능력이나 외모가
뛰어나거나 더 많이 가진 사람들에 둘러싸여 있다. SNS와
방송에서 사람들이 외모와 부를 경쟁적으로 뽐낸다.
인터넷 공간에는 많은 연봉과 보너스를 받고, 코인이나
주식 투자에 성공해서 큰돈을 번 사람이 가득하다.
이런 사람이 주변에 한두 명에 불과하다면 오히려 큰
동기부여가 될 것이다. 이들을 롤 모델 삼아 자신도
성장하려고 노력할 테니 말이다. 하지만 이런 사람이
수없이 많다면 오히려 의지가 꺾이고 삶에 대한 불만만
커진다. 많은 심리학 연구가 자신보다 나은 사람들과
자주 비교하는 사람은 우울증이나 불안증이 생기기
쉽고, 자존감이 낮고, 삶에 대한 만족도도 낮다는 사실을
보여준다.

이런 이유로 SNS를 아예 하지 말아야 한다고 말하는
사람도 많다. 하지만 SNS가 업무나 삶에 필요한 정보를
얻거나 다른 사람과 연락하는 수단이라면 갑자기 사용을
중단할 수는 없는 노릇이다. SNS를 하지 않는다고 해서
자신보다 많은 것을 가진 사람들에게서 벗어날 수 있는

것도 아니다. 주변 지인이나 인터넷 기사, 게시글, 영상이나 방송 등을 통해 이런 사람들을 우리 의지와 상관없이 계속 접하게 된다.

　다른 사람과의 비교에서 벗어나는 방법은 다른 사람을 피하는 것이 아니라 비교 대상을 타인에서 자신으로 바꾸는 것이다. 가장 중요한 목표가 어제의 자신을 뛰어넘는 것이 되면 타인과 자신을 비교할 시간이나 마음의 여유를 가지기 어렵다. 눈앞에 가장 어려운 목표가 있기 때문이다. 타인에게 둘러싸여도 그들의 삶에 관심이 생기지 않는다. 지금 가장 힘든 싸움을 하고 있기 때문이다. 그리고 그 싸움에서 이겼을 때 비로소 커다란 만족감을 얻게 된다.

　자신을 타인과 비교하며 사는 사람은 아무리 많은 것을 얻어도 만족하기 어렵다. 많이 가진들 세상에는 그보다 더 많이 가진 사람이 무수히 많다. 그래서 타인을 상대로 싸우면 절대 이길 수 없다. 반면 자신과 싸우면 이겨야 할 대상은 오직 하나다. 힘들게 노력해 자신의 한계를 넘어서고 가능성을 실현했을 때 삶에 대한 확실하고

충만한 만족감을 느낄 수 있다. 그리고 이런 노력을
계속하는 한 매일같이 승리의 기쁨을 맛볼 수 있다.

삶이 불만족스럽고 불행하게 느껴지는 건 싸울 상대를
잘못 선택해서다. 우리가 이겨야 할 상대는 타인이 아니라
자신이다. 자신의 나약함, 게으름, 무지함, 부족함과 싸워야
한다. 이 싸움에서만이 우리는 확실하게 승리할 수 있고,
삶에서 참된 만족감을 느낄 수 있다.

# 자기　평가

자신과 싸우려면 우선 냉정하게 자신을 평가할 수
있어야 한다. 자신의 부족함과 무지함을 깨달아야 더 나은
내가 되고 싶다는 목표가 생긴다. 자신이 뛰어나다고
생각하는 사람, 자부심이 강한 사람은 자신과 싸울
필요성을 못 느낀다. 그래서 시간이 지나도 전혀 성장하지
못한다. 10년이 지나도, 20년이 지나도 이들은 과거 모습
그대로다. 냉철한 자기 평가를 할 수 있는 사람만이 성장의
기회를 얻는다.

대학생이나 사회 초년생은 자신의 능력을 과대평가하는
경우가 드물다. 그래서 이 기간에 많이 성장한다. 문제는

그 이후다. 주위에서 전문가로 대해주거나 사회에서 어떤 지위나 자격을 획득하는 순간부터 자신의 지식과 능력을 과대평가한다. 그렇게 되는 데는 여러 이유가 있다. 조직에서 리더 역할을 맡게 되면 구성원들에게 완벽한 모습을 보이는 것이 도움이 된다. 처음에는 스스로도 지식과 능력이 부족하다는 사실을 인지하지만 완벽한 리더의 모습을 연기하다 보면 어느 순간 자신이 실제로 모든 능력을 갖췄다는 착각에 빠진다. 자격증 취득도 한 요인이 된다. 많은 사람이 그를 전문가로 대하기 때문이다. 그런데 오늘 특정 분야의 자격을 획득했다 해도, 사실 어제의 나와 지식과 능력에서 별 차이가 없다. 하지만 사람들이 전문가로 대해주니 하루아침에 자신이 대단해진 것 같은 착각에 빠지게 된다.

전문가 행세를 하는 것이 돈벌이에 도움이 되기 때문에 스스로 착각에 빠지는 일도 많다. 많은 사람이 전문가의 조언에 돈을 지불한다. 그런데 이들이 원하는 것은 전문가가 해주는 조언의 '내용'이 아니라 '전문가에게 조언을 받았다는 사실' 그 자체인 경우가 많다. 같은 내용이라도 전문가가 전달하면 더 믿을 만하다고 여기기 때문이다. 그래서 많은 사람이 전문가를 자처하게 된다.

얼마 전 한 행사 강연자로 초대되었다. 예상보다 일찍 도착하는 바람에 내 앞 시간의 강연을 들었는데, 이 강연자는 "세상은 실제 전문가가 아니라 전문가처럼 보이는 사람을 전문가라고 생각하니, 전문가가 될 필요는 없고 사람들 눈에 전문가처럼 보이는 것이 중요하다"고 말했다. 세상의 진실을 명확하게 파악한 사람임에 분명했다.


사람들은 다양한 이유로 자신이 이미 충분한 능력을 가지고 있다고 착각하는데, 그 순간 그 사람의 성장은 멈추게 된다. 이런 점에서 한국의 경영대학 교수는 무척 불행한 직업이다. 경영이란 것을 한 번도 해본 적 없는데 사회에서 경영 전문가로 인정받으니 말이다. 그나마 미국에서는 교수의 본업이 연구여서 평생 학문적 비판과 공격을 마주한다. 자신이 모든 것을 안다는 착각에 빠지기 어렵다. 하지만 한국의 경우 교수 본업은 사실상 강사이자 컨설턴트다. 많은 기업과 조직에서 경영대학 교수에게 강연과 자문을 의뢰한다. 경영을 해본 적도 없는 젊은이들이 하루아침에 전문가로 인정받는 것이다.
게다가 이들의 주장을 비판하는 사람도 거의 없다. 어떤
말이든 많은 사람이 귀 기울이고 믿어준다. 그 권위에 취해
몹시 흡족해하는 사람도 있겠지만, 개인의 성장은 그대로
멈춰버리기 쉽다.

¶

나는 더는 성장하지 못하는 것이 두렵다. 다행히
아직까지는 내가 얼마나 부족한지 잘 알고 있다.
석사과정에서 경영학 공부를 시작한 지 25년이 되었고,
교수가 된 지는 15년이라는 세월이 지났지만, 여전히
전공 분야에 대해 무엇 하나 확실하게 대답하지 못한다.
모르거나 제대로 이해하지 못하는 것투성이다. 어제는
제대로 이해했다고 여겼지만 오늘이 되면 착각이었음을
깨달을 때가 많다. 그러다 보니 나를 만난 기업의
실무자들은 내 자신감 없는 모습이나 명쾌하지 않은
대답에 적잖이 실망한다. 게다가 눈치가 없어서인지
그들이 듣고 싶어 하는 대답과 정반대의 이야기를 하기도

한다. 하지만 나는 개의치 않는다. 나는 다른 사람들을 만족시키기 위해서가 아니라 나 자신의 성장을 위해 지금 이 순간을 살아가고 있기 때문이다.

## 적성

다른 학교 교수들 중에는 나를 천생 학자로 보는
사람이 있다. 원래부터 연구하고 공부하는 것을 좋아하는
사람으로 생각하는 것이다. 이들이 20년 전의 나를 본
적이 없어서 그럴 것이다. 사실 나는 학자하고는 거리가
먼 성격과 적성을 가지고 태어났다. 어린 시절 나는
집에 있는 것을 싫어했다. 책은 전혀 읽지 않았고 밖에
나가서 친구들과 놀기만 했다. 해가 뜨면 나가서 해가
져서야 돌아오는 그런 아이였다. 지금도 성격 유형 검사를
해보면 다른 교수들과 정반대 유형이 나온다. 교수들
사이에 '교수의 90퍼센트는 MBTI 유형이 STJ다'라는

우스갯소리가 있다. 교수 대부분이 이성적이고 논리적이며
계획적인 사람이라는 것이다. 하지만 나는 이성적이지도,
논리적이지도 않다. 계획 같은 건 아예 내 사전에 없다.
그렇지만 이렇게 논문을 쓰고, 글을 쓰고, 강의를 하고
있다. 내 적성과 전혀 맞지 않는 일을 하는 것이다.

형에게 사고가 생기지 않았다면 나는 교수가 되지
않았을 것이다. 예전에 나는 다큐멘터리 PD나 잡지사
편집장이 되고 싶었다. 내 인생이 순탄했다면 지금 그런
일을 하고 있을지도 모르겠다. 지금 생각해도 그 편이 내
성격과 적성에는 훨씬 잘 맞는다. 하지만 24년 전 내게
주어진 선택지는 대학원에 가는 것뿐이었다. 그래서
연구를 하고, 논문을 쓰는 것이 내 직업이 되어버렸다.


적성에 맞지 않는 일을 하는 것은 쉽지 않다. 같은
결과를 내기 위해 남들보다 더 많이 노력해야 한다. 하지만
어려운 상태가 언제까지고 계속되는 건 아니다. 적성에
맞지 않는 일도 오래 하다 보면 익숙해지기 마련이다.
여전히 책상에 앉아 논문이나 책을 읽는 일이 내게 잘
맞지 않는다고 느끼지만, 예전처럼 그렇게 힘들지는 않다.

지난 20여 년 동안 같은 일을 반복한 덕분에 지금은 한결 수월하다.

20년은 결코 짧지 않은 세월이다. 20년 동안 같은 일을 한다면 어떤 일도 수월해질 것이다. 요리에 재능이 없어도 20년간 요리를 하면 전문 요리사처럼 잘하게 될 수 있고, 돈 계산에 재능이 없어도 20년간 장부 관리를 하면 회계사처럼 돈 계산을 척척 해내게 될 것이다. 모든 사람이 자신의 적성에 맞는 일을 하면서 살 수 있는 건 아니다. 적성이 아니라 자신이 처한 상황과 여건에 맞춰 직업을 선택하는 사람도 많을 것이다.

적성보다 중요한 것은 반복이다. 아무리 적성에 맞아도 오랜 시간 반복하지 않으면 잘해낼 수 없고, 적성에 맞지 않아도 오래 반복하면 천직이 될 수 있다. 반복의 힘을 믿는다면 적성이나 재능은 중요하지 않다. 반복하는 능력이 우리의 적성이고 재능이 될 것이다.

# 연기

대학생 때《당신의 인생을 연기하라》라는 책을 읽었다.
어떤 사람이라도 연기를 통해 자신에게 주어진 역할을
잘 해낼 수 있다는 내용이었다. 지난 20여 년간 이 책의
제목이 자주 떠올랐고 내게 큰 힘이 되었다.

나는 직업상 많은 사람 앞에 서서 이야기하는 일이
많다. 학생들이나 기업 실무자들에게 강의를 한다.
일반인을 대상으로 강연을 하기도 한다. 언론 인터뷰를
하고 유튜브나 기업 사내방송을 촬영하기도 한다. 그런데
가끔 이런 일을 앞두고 마음이 한없이 가라앉을 때가
있다. 응급실에 다녀오거나, 며칠간 병실에서 간병 혹은

대기를 하거나, 형이나 아버지 병환과 관련해 좋지 않은 소식을 들을 때 마음이 무거워진다. 이럴 때 많은 사람 앞에서 강연을 해야 하면 어쩔 수 없이 연기를 한다. 아무 일도 없는 사람처럼, 아니 늘 즐거운 일만 있는 사람마냥. 그것이 강연자로서 내 의무이자 책임이기 때문이다.

일상에서 연기를 하는 것은 바람직하지 않다고 생각할지도 모른다. 자신의 진짜 모습을 감추거나 없는 감정을 꾸며내는 건 분명 진실하지 않다. 하지만 감정을 숨기는 연기가 내게는 불가피하다. 내 감정을 드러내 다른 사람의 기분까지 가라앉힐 수는 없기 때문이다. 그런 연기를 해야 할 때마다 예전에 읽었던 책 제목이 머릿속을 스친다. 오늘 이 순간 훌륭한 연기를 하겠다고 다짐하게 된다.

하지만 연기는 늘 어렵다. 평소의 내 모습을 차분하게 연기하고 싶지만 가끔은 과장된 모습이 튀어나오기도 한다. 감정이 충분히 정리되지 않은 상태에서 연기할 때면 더 많이 웃고, 농담하고, 제스처도 크게 하게 된다. 내가 피에로 분장을 한 광대처럼 느껴진다. 하지만 광대가 되면 또 어떤가? 내 강의를 들어주는 사람이 앞에 있고, 내

지식이 그들에게 조금이라도 도움이 된다면 기꺼이 광대가
되리라.

　오늘도 나는 얼굴에 새하얀 분칠을 하고, 빨간색
물감으로 활짝 웃는 입을 그리고 강의에 나선다. 무대가
끝나고 화장을 지우는 순간까지 나는 최고의 웃음을
선사할 것이다. 단 한 명이라도 내 이야기에 진지하게
귀 기울여준다면 나는 무대에 서는 것을 그만두지 않을
것이다. 나는 세계 최고의 광대가 될 것이다.

# 포기

　오전에 유튜브 콘텐츠 촬영을 하고 서둘러 병원으로 왔다. 아버지 퇴원 수속을 위해서다. 병원에 도착해서 아버지 몸에 연결된 튜브의 소독법과 처방약에 대한 설명을 듣고 아버지를 댁에 모셔드렸다. 그런데 집에 있는 휠체어를 형이 타고 투석 병원에 간 터라 아버지를 옮길 휠체어가 없었다. 주차장에 차를 세워놓고 여러 방법을 시도하다가 바퀴 달린 의자를 가져와 아버지를 옮겼다. 오후가 훌쩍 지나갔다. 잠깐 숨을 돌리며 이 글을 쓴다.

　이제 내 일을 할 시간이다. 내일 아침에 있을 기업 강연을 준비해야 하고, 다음 주에 있을 언론사 행사 강연자료도 보내야 한다. 두 일 모두 아직 시작도 못 했다.
여기에 처리해야 할 학교 행정 업무도 쌓여 있다. 요 며칠
목과 어깨 쪽에 심한 통증이 있다. 잇몸도 부었고 혓바늘도
났다. 강연 준비를 하는 것이 큰 부담으로 다가온다.
하지만 지금부터 최선을 다해 내 임무를 완수하려 한다.
삶에서 많은 것을 타협하고 포기하며 살고 있지만 내가
맡은 강의만큼은 절대 포기하거나 타협하지 않는다.

　지난 20여 년간 나는 포기하는 법을 배웠다. 가장 먼저
포기한 것은 관계다. 직장이나 조직에서 좋은 관계를
형성하고 좋은 평판을 얻기 위해 필요한 것은 시간이다.
하지만 나는 그럴 시간적 여유가 없었다. 그런 자리가
불편하기도 했다. 저녁식사나 술자리를 수없이 거절했다.
이제는 아무도 나를 부르지 않는다. 자연스럽게 좋은
관계나 평판은 내 삶과 상관없는 일이 되어버렸다.
　취미나 음식도 포기했다. 많은 시간 수강해야 하거나
다른 사람과 함께하는 취미는 가질 수 없었다. 그래서
골프나 테니스, PT 같은 것은 해본 적이 없다. 하는
운동이라고는 밖에 나가 걷거나 뛰는 것뿐이다. 맛있는

음식도 포기했다. 가끔씩 내가 좋아하는 사람을 만나 함께 식사하는 것은 여전히 큰 즐거움이지만, 식사에 많은 시간을 쓸 수가 없다. 지난 20년간 나는 대부분의 식사를 빵이나 즉석밥 같은 것으로 때웠다. 지금도 여전히 이렇게 식사를 하고 있다. 요즘 곳곳에 맛집이 많이 생겨나고 있지만 가본 곳도 별로 없고 가고 싶다는 마음도 들지 않는다. 맛있는 음식이 무엇인지도 이제는 잘 모르겠다.

많은 돈을 주는 강연이나 기업 자문도 수없이 포기했다. 내 일정이 어떻게 될지 알 수 없기 때문이다. 거리가 멀거나 일정이 여유롭지 않으면 아무리 돈을 많이 준다고 해도 거절할 수밖에 없다. 어제만 하더라도 한 방송국이 주최하는 큰 행사의 연사로 초청받았지만, 다른 일정과 겹친다고 거짓말하며 거절했다.

이렇게 나는 내 삶에서 많은 것을 포기하며 살아가고 있다. 하지만 절대로 포기하거나 타협하고 싶지 않은 것이 있다. 이미 약속한 강연에서의 내 모습이다. 내 상황을 핑계 삼고 싶지 않다. 사람들 앞에 서서 강연할 때만큼은 최선의 모습을 보여주고 싶다. 오늘이 많이 남아 있진 않지만 내 하루는 지금부터 시작이다.

불꽃

어제는 임시공휴일이었다. 아이와 놀아주고 싶었지만
아침부터 집을 나서야 했다. 오전에 부모님 댁으로
병원용 침대가 배송되기 때문이었다. 예전부터 부모님께
요즘 유행하는 전동침대를 사드리고 싶었다. 비록 그런
침대와는 생김새도 색상도 완전히 다른 환자용이지만
그래도 리모컨이 달려 있고, 3단으로 움직인다.
　아침 일찍 부모님 댁에 도착해 아버지 방을 청소하고
정리했다. 침대가 들어갈 자리를 마련하기 위해서다.
아버지는 언젠가부터 방에 수많은 물건을 쌓아놓고 잘
치우지 않아 책상 뒤편이 쓰레기장이나 마찬가지였다.

한참을 쓰레기와 씨름하다 보니 형을 데리고 투석 병원에 가야 할 시간이 되었다. 어머니가 장애인택시를 호출했지만 연락이 닿지 않았다. 장애인택시를 부르는 건 여간 힘든 일이 아니다. 택시가 없을 때도 있고, 택시와 연결돼도 시간이 맞지 않기도 한다. 그래서 거동이 어려운 투석 환자의 가족은 환자를 직접 병원에 데리고 다닐 수밖에 없다. 형과 활동보조인을 병원에 모셔다드리고 집에 돌아왔더니 오후 3시가 넘었다. 그때부터는 아이와 시간을 보냈다.

지쳐서 쓰러지듯 잠들었고, 새벽에 깼다.

오늘은 어제보다 더 바쁜 날이다. 우선 아이를 학교에 데려다주고, 부모님 댁에 가서 부모님을 모시고 병원에 가야 한다. 10시부터는 학교 강의가 있다. 1시에 강의를 마치면 다시 병원에 가서 부모님을 댁에 모셔다드려야 한다. 그 뒤 4시에 강남에서 티타임이 있고, 5시부터는 행사가 있다. 아마 나는 오늘도 쓰러지듯 잠들 것이다.

이런 하루하루를 살며 내가 성냥 같다는 생각을 하곤 한다. 이곳에 가서 불꽃을 피우고 재가 된다. 곧바로 다른 곳에 가서 또 불꽃을 피우고는 재가 된다. 하루에도 몇 번씩 불꽃을 피우고 재가 되기를 반복한다. 내 몸과 마음을 불사르며 최선을 다하고, 꺼져버리고, 다시 불사르는 일을 끊임없이 하고 있다. 지금도 새벽에 일어나자마자 짧은 시간 동안 이 글을 쓰기 위해 불꽃을 태우고 있다.

그런데 갑자기 궁금해진다. 마음속 성냥은 무한정 만들어지는 것일까? 아니면 개수가 정해져 있을까? 개수가 정해져 있다면 지금 내게 몇 개가 남아 있을까? 매일 많은 성냥을 태우면서 살아가고 있으니 얼마 남지 않은 것은 아닐까. 모든 성냥을 태우고 나면 어떻게 될까. 더 이상 내 삶을 견디지 못하게 되는 것은 아닐까.

아무것도 모르겠다.

마음속에 있는 것이 성냥이 아니라 양초라면 좋겠다. 언제든 불을 붙이고 끌 수 있는, 한없이 긴 양초 말이다.

# 지켜보는 존재

어제는 오후 늦게 병원에 가서 투석을 마친 형을 데리고 부모님 댁으로 갔다. 이후 근처 카페에서 일하다가 저녁 7시쯤 집으로 출발했다. 하필 여의도에서 불꽃축제를 하고 있어서 차량 정체가 심했다. 한강 쪽을 피해 돌아오니 9시가 넘어서야 집에 도착했다.

오늘은 이른 새벽에 잠이 깨 이 책의 원고를 조금 썼고, 그 후로 두 시간 동안 마감이 임박한 논문의 수정 작업을 했다. 어제는 힘든 하루였지만 오늘은 주말 아침의 평화로움이 느껴졌다. 오늘 하루에 대한 기대감이 생겨났다. 하루 동안 많은 일을 할 수 있을 것 같았다.

그때 어머니에게 전화가 왔다. 아침 일찍 구급차를 타고 아버지와 응급실에 왔다고 하셨다. 나는 서둘러 옷을 챙겨 입고 주차장으로 내려갔다. 퇴원한 지 열흘 만의 재입원이었고, 지난 두 달 사이 네 번째 입원이었다. 하루에 대한 내 기대감은 한순간에 무너졌지만, 워낙 익숙한 일이라 아무렇지 않았다.

그런데 예상치 못한 문제가 생겼다. 주차장에 도착하니 차 밑으로 빨간 냉각수가 잔뜩 흘러 있었다. 후드를 열어보니 냉각수 통이 완전히 비어 있었다. 시동을 거니 운행을 멈추라는 경고 메시지가 들어왔다. 차에 문제가 생긴 것이었다. 나도 모르게 한숨이 나왔다. 요즘처럼 병원, 부모님 댁, 학교, 집을 수없이 오가야 하는 상황에 차가 고장 나는 것은 심각한 일이 아닐 수 없었다. "왜 하필 지금"이라는 말을 하며 긴 한숨을 내뱉었다. 그 순간 한 가지 생각이 머리를 스쳤다.

어제 집에 오는 길에 불꽃놀이를 보러 가는 사람들을 봤다. 이들은 모두 행복해 보였다. 아무런 걱정도 없어 보였다. 이들을 보면서 잠시 행복한 상상에 잠겼다. 3주

뒤에 친한 사람들과 저녁식사 자리가 있는데 그날에 대한 상상이었다. 사람들과 좋은 음식을 먹으며 보내는 즐거운 시간. 그날은 평소 마시지 않는 술도 마실 생각이다. 한 학기에 한두 번뿐인 저녁식사 자리이다 보니 상상만으로도 마음이 들떴다. 아마 그 때문이었을 것이다. 나태해진 나를 지켜보던 존재가 내게 새로운 임무를 내린 것이리라.

언젠가부터 나는 어딘가에서 나를 지켜보는 존재가 있다고 믿었다. 내 편이 되어주거나 나를 응원하는 존재는 아니다. 오히려 그 반대다. 해이해질 때마다 나에게 새로운 과제, 더 어려운 과제를 내주는 존재다.

이런 일이 끊임없이 반복되고 있다. 좋은 일이 생겨서 즐거운 마음이 들면, 바로 다음 날 그만큼 또는 그보다 더 힘든 시련을 준다. 끊임없이 나를 시험하고, 더 어려운 과제를 내준다. 이 존재가 무엇인지는 나도 모른다. 신일 수도, 외계인일 수도 있다. 어쨌든 나를 항상 지켜보면서 나태해질 틈을 주지 않는 존재인 것은 분명하다.

어제 힘든 하루를 보내고 오늘 더 힘든 하루가 시작될 때까지 내게 주어졌던 시간은 (잠자는 시간을 빼면) 고작 서너 시간이다. 아쉬운 마음이 컸지만 내가 나태해진 탓이라 생각하며 마음을 다잡았다. 나를 지켜보는 존재가 아무리 많은 시련을 주더라도 다 이겨낼 거라고 각오를 다지며 집을 나섰다.

# 촌스러움

며칠 전 아버지 수술과 관련해 중요한 이야기를 들으러 어머니와 병원에 가야 해 아파트 주차장에서 어머니를 기다리고 있었다. 출입문이 열리고 어머니가 모습을 드러냈는데, 30년 전에 구입한 원피스를 입고 계셨다. 너무 촌스러워서 결혼식장에 가려고 서울에 처음 올라온 할머니 같다고 어머니를 놀렸다. 어머니는 무슨 옷을 입어야 할지 이제는 도무지 모르겠다며 웃으셨다. 우리는 그렇게 한참을 웃었다.

약대를 나온 어머니는 서울시 여약사회 회장을 맡았을 정도로 한때 사회활동을 활발히 하셨다. 그 당시 어머니 모습은 세련되고 당당했다. 하지만 24년 전 형의 사고로 어머니의 시간도 그대로 멈춰버렸다. 어머니 옷장에는 30년 전 옷들뿐이다. 24년간 어머니는 간병에 편한 일상복 차림이셨다. 그래서 이날처럼 단정한 외출복을 입어야 할 때 30년 전 원피스를 꺼내 입으신 것이다. 옷만 그런 게 아니다. 어머니는 24년간 여행을 가본 적도 없고, 좋은 식당에 가본 일도 없다. 다른 사람들과의 식사자리도 몇 번 갖지 못했다. 그러다 보니 어머니 스타일은 24년 전 그대로다.

스스로 인식하지 못해도 우리는 스타일이 끊임없이 변한다. 자기도 모르게 취향이 바뀌기 때문이다(물론 당시 유행의 영향을 받는다. 시중에 나오는 제품들은 대체로 유행을 따르기 마련이라 동시대 사람들의 모습은 놀라울 정도로 닮아 있다). 그러다 보니 불과 몇 년 전 사진 속 자신의 모습도 촌스럽게 느껴진다. 헤어스타일, 안경, 옷의 재질과 디자인, 화장법 심지어 포즈까지 다 그렇다. 당시에는 자연스러웠던 모든 게 어느 순간 부자연스럽기만 하다.
그런데 개중에는 과거 한 시점에 스타일이 고정된

사람도 있다. 이런 사람들을 처음 만난 건 미국에서였다. 영어를 잘 못하는 나이 든 이민자들을 만나면 그 스타일로 그들이 이민 온 시기를 유추할 수 있었다. 80년대에 이민 온 이들에게서는 한국의 80년대가, 90년대 이민자에게서는 한국의 90년대가 느껴졌다. 이민을 왔지만 미국 스타일이 흡수되지 않아(의도적으로 거부했을 수도 있다) 한국을 떠났을 당시의 스타일이 유지된 것이다.

물론 한국에 사는 사람들 중에도 과거 스타일을 유지하는 이가 있다. 이런 사람들의 옷차림은 어딘지 모르게 부자연스럽다. 옷뿐 아니라 표정이나 말투, 사고방식도 그러한데, 나는 이런 부자연스러움이 싫지 않다. 그 사람의 삶을 알 것 같아서다. 이들의 스타일은 그가 살아온 삶 자체를 보여준다. 나는 한 사람의 삶이 느껴지는 촌스러움이 무척 좋다.

# 고독

오늘이 내 마지막 시간일지도 모른다는 불안감, 오늘의
가능성을 조금이라도 실현하기 위한 고군분투, 가족에
대한 미안함과 죄책감, 응급실과 병원을 들락거리는 생활,
광대 연기…. 이것이 내 삶이다. 이런 삶으로 인해 어느
순간부터 고독이라는 감정이 신체 일부로 자리 잡았다.
누군가와 함께 있어도 유대감이나 친밀함이 느껴지지
않는다. 사람들 사이에 있어도 혼자인 것 같다.

이 감정은 외로움과는 다르다. 외로움은 받아들여지지
않는 감정이다. 거기서 벗어나고 싶다는 욕구가 동반된다.
사람들은 외로움을 느낌과 동시에 그 감정에서 벗어나고

싶어 한다. 하지만 고독은 차분히 받아들인다. 남들과 함께 있어도 고독은 사라지지 않는다는 것을 알기 때문일 수도 있다. 고독은 싫지도 좋지도 않은, 그저 스며드는 상태다.

이 감정은 공허함과도 다르다. 공허함은 주변이나 내면에 아무것도 없는 허전한 느낌이다. 하지만 내 마음은 전혀 허전하지 않다. 오늘 해내고 싶은 일들로 늘 꽉 차 있다. 가족과 관련해 갑작스레 일이 생길 때는 급하게 처리하느라 정신이 없다. 공허함을 느낄 틈조차 없다.

내 감정이 외로움이나 공허함이 아니라는 것은 알겠는데, 고독인지는 사실 잘 모르겠다. 주변 사람들이 모두 같은 생각을 할 때 혼자만 다른 생각을 하고, 모두가 같은 감정을 느낄 때 혼자만 다른 감정을 느낀다. 사람들이 즐겁게 웃고 떠들 때 그 모습이 TV 속 장면처럼 멀게 느껴지고, 모두가 같은 속도로 움직일 때 나만 다른 속도로 움직이는 기분이 든다. 사람들의 말소리가 묵음 처리가 된 듯 작고 멍하게 들리기도 한다. 사람들과 함께 있는데 다른 공간 다른 시간에 있는 것처럼 느껴진다. 그래서 이런 감정이 고독이 아닐까 짐작해볼 뿐이다.

내가 느끼는 것이 고독이라면, 고독은 내게 고마운

감정이다. 이 감정 덕분에 나에게 온전히 집중할 수 있다. 남들과 멀게 느껴지기 때문에 그들의 삶에 별다른 관심이 생기지 않는다. 남을 이기고 싶은 생각도, 남보다 성공하고 싶은 마음도 들지 않는다. 누군가 자신의 부나 지위를 뽐내도 별 영향을 받지 않는다. 부러움이나 시기심도 생기지 않는다. 오직 나 자신의 가능성만 생각하게 된다. 이런 점에서 고독은 하루의 가능성만 바라보고 사는 사람에게 최고의 선물이다. 고독하기 때문에 나로서 존재할 수 있다.

나는 마음속 고독이 사라지지 않기를 바란다. 살아 있는 동안 고독을 만끽하고 싶다. 어차피 생을 마감하는 순간이면 모든 사람은 고독해질 것이다. 죽음을 앞둔 사람의 감정을 이해해줄 사람은 없다. 그래서 누구나 고독하게 죽음을 맞이하게 된다. 뒤늦게 찾아온 고독함에 당황할 바에야 평생 고독하게 지내는 것이 낫지 않을까? 나는 내 고독함을 있는 힘껏 사랑하며 살아갈 것이다.

## 3장

# 내 마음의 거리

내 현실이 버겁고 감정과 생각이 몹시 무거울 때,
내가 건물 속에 어렴풋이 비치는
하나의 실루엣이라는 사실을 떠올리면
나 자신을 충분한 거리를 두고 바라볼 수 있게 된다.
늦은 밤 빌딩을 채우고 있는 수많은 실루엣을 보듯
나를 볼 수 있게 되는 것이다.
그러면 마음이 평온해진다.

우주인

시간에 대한 인식과 함께 내가 연구해온 또 하나의 주제는 '마음의 거리'다. 이는 사람이 다른 사람이나 대상에 대해 심리적으로 느끼는 거리감을 말한다. 옆에 있는 사람도 한없이 멀게 느낄 수 있고, 멀리 있는 사람도 지척에 있는 것처럼 가깝게 느낄 수 있다. 이 같은 거리감은 사람들의 감정과 생각, 행동에 큰 영향을 미친다. 그래서 많은 심리학자가 마음의 거리에 대해 연구한다.

내가 처음 마음의 거리에 대해 연구하기 시작한 것은 순전히 우연이었다. USC에 같은 시기에 교수로 임용된 동료가 마음의 거리에 대한 연구로 심리학 박사를 받았고,

나는 '시간의 거리'에 대한 연구로 경영학 박사를 받았다. 분야는 달랐지만 만나서 이야기를 해보니 연구 관심사가 상당히 비슷했다. '마음의 거리'나 '시간의 거리' 모두 사람이 느끼는 거리감에 대한 것이니 말이다. 그래서 첫 학기부터 우리는 여러 연구 프로젝트를 함께 진행했다. 처음에는 학문적 관심사로 연구를 시작했지만 어느 순간부터 마음의 거리를 이해하는 것이 내 삶에 큰 도움이 된다는 것을 깨닫게 되었다.

마음의 거리는 눈에 보이는 디테일에 영향을 받는다. 디테일은 사물이 가까이 있으면 눈에 들어오고, 멀리 있으면 보이지 않는다. 마찬가지로 동일한 거리에 있는 대상일지라도 디테일에 집중하면 가깝게 느껴지고, 디테일을 보지 않으면 멀게 느껴지기 마련이다. 이 점을 활용하면 자기가 처한 현실과 거리감을 조절하며 살 수 있다.

가족 중에 난치병 환자나 중증환자가 있으면 자신이 처한 현실에 괴로움을 느끼게 된다. 가장 힘든 것은 환자 본인이기에 환자를 늘 평온하고 따뜻하게 대하고 싶지만 오히려 화가 나고 짜증이 일기도 한다. 가족에게 찾아온 불행에 좌절감이나 슬픔이 밀려오기도 하고, 자신이나 가족을 불친절하게 대하는 사람에게 분노가 치밀기도 한다. 눈앞에서 피가 쏟아지거나 몸으로 관이 들어가는 광경을 보고 있으면 현기증도 난다. 이 모두 눈앞에 놓인 현실이 너무 가까워서 마음이 크게 반응하는 것이다.

나는 언젠가부터 나와 관련된 모든 것의 디테일을 보지 않는다. 일부러 초점을 흐린다. 가족을 볼 때나 다른 사람을 만날 때는 물론, 나 자신을 볼 때도 또렷하게 보지 않는다. 일부러 안경을 벗고 다니기도 한다. 눈에 보이는 디테일뿐 아니라 생각의 디테일도 지워버렸다. 어떤 사건이나 사람, 세상에 대해 디테일한 부분은 일부러 생각하지 않는다. 이렇게 흐릿한 눈과 마음으로 내 삶과 주변을 바라보면 모든 것이 멀게 느껴진다. 마치 먼 우주에서 지구를 내려다보듯이 모든 것이 저 멀리에 있는 것 같다.

우주복을 입고 광활한 우주를 둥둥 떠다니는 기분이 들면 이상할 정도로 마음이 차분해진다. 갑자기 응급실에

가야 하거나 좋지 않은 소식을 들어도 마음에 평온함이
유지된다. 형과 부모님에게 따뜻한 미소를 보이고, 농담을
건넬 여유가 생긴다. 그래서 이런 기분을 느끼는 것이
좋다. 다른 사람들 눈에는 내가 눈빛이 흐리멍덩한 사람
같을 것이다. 하지만 그들은 모른다. 내가 지금 멋진
하얀색 우주복을 입고 광활한 우주를 자유롭게 떠다니고
있다는 사실을 말이다.

# 코미디

오늘은 10시부터 학교 강의가 있다. 8시쯤 연구실에 도착해 가방에서 노트북을 꺼내고 있었다. 강의 전 두 시간 동안 글도 쓰고, 수업 준비도 하고, 업무도 처리할 생각이었다. 그때 아버지가 입원 중인 병실에서 연락이 왔다. 기저귀가 얼마 없어 가져와야 한다는 내용이었다. 다행히 병원이 가까운 곳에 있어 서둘러 연구실을 나왔다.

내게 주어진 두 시간이 갑자기 사라져버렸지만 아무렇지 않았다. 오히려 웃음이 나왔다.

기분 전환을 위해 빨간색 운동화를 신고 나온 참이었다. 색상이 너무 진하고 화려해서 평소에는 잘 신지 않는데

(마지막으로 이 운동화를 신은 게 2년 전이었다), 이날따라 손이 갔다. 양손에는 기저귀를 들었다. 기저귀 포장 비닐은 샛노란색이었다. 상의는 검은색, 바지는 흰색이었다. 길을 가다가 이런 사람을 만나면 웃음이 날 것이다. 50대 중년 남성이 새빨간 운동화를 신고, 양손에 노란색 기저귀를 들고, 땀을 뻘뻘 흘리며 걸어가고 있다니. 우스꽝스러운 내 모습을 스스로 인식하는 순간 나도 모르게 웃음이 난 것이다. 그러고 나니 기분도 좋아졌다. 간호사실에 기저귀를 전달하고 돌아오는 길에 하늘을 봤다. 아침 햇살이 아름다웠다. 아침은 늘 아름답다는 생각을 하며 경쾌한 발걸음으로 연구실로 돌아왔다.

언제부터인가 나는 우스꽝스러움을 사랑하게 되었다. 다른 사람의 우스꽝스러움을 말하는 것은 아니다. 나 자신의 우스꽝스러움이다. 나는 일부러 우스꽝스럽게 옷을 입기도 하고, 내 아이 앞에서는 온갖 우스꽝스러운 표정과 행동을 보인다. 이는 아마도 정신의학에서 말하는 코핑*coping*일 것이다. 코핑은 사람이 스트레스나 부정적 감정이 생길 때 스스로 제어하는 것을 말한다. 다양한

코핑 방법이 있는데 유머가 부정적 감정을 줄이는 데
가장 효과적이라고 알려져 있다. 코미디언 중에 불우한
가정사를 가진 사람이 적지 않은 것도 이와 관련이
있으리라.

내 모습에서 우스꽝스러움을 발견하게 되면 다른 사람이
출연하는 코미디를 보는 듯한 기분이 든다. 내 인생이
아니라 다른 사람의 인생을 보는 것 같다. 나 자신의
삶에서 멀어진 것 같다. 그래서 우스꽝스러운 내 모습이
좋다.


말도 안 되는 상황을 마주했을 때 오히려 헛웃음이
난 적이 있을 것이다. 정신없이 급박한 상황이 눈앞에
벌어졌을 때 거기에 휘말리지 않고 그저 한 편의 영화를
보듯 현실을 바라볼 수 있다. 그러면 정신이 혼미해지거나
슬퍼지는 일 없이 해야 할 일을 제대로 해낼 수 있게 된다.
이런 점에서 보면 우스꽝스러움이라는 것은 고된 삶을
살아가는 모든 사람에게 꼭 필요한 것일지도 모르겠다.

그림

내 논문 중에는 사진과 일러스트의 심리적 효과를
비교하는 연구가 있다. 해당 연구에서 실험 참가자들에게
물건을 사진과 일러스트로 보여주고 그 특성을 평가하게
했는데, 사진보다 일러스트로 볼 때 특성의 강도가 낮게
평가되는 결과를 얻었다. 가령 건강에 좋지 않은 디저트도
일러스트로 보면 건강에 덜 나빠 보이고, 몸에 좋은 음식도
일러스트로 보면 건강에 덜 좋아 보인다. 좋은 점도 나쁜
점도 그 강도가 약해지는 것이다. 이런 현상은 일러스트
속 대상이 심리적으로 멀게 느껴지는 것에 기인한다.
즉 물건이 나와 상관없는 것으로 여겨지기 때문에 그

특성에도 크게 영향 받지 않는 것이다.

이 연구를 시작하게 된 계기는 그림에 대한 내 집착이었다. 나는 그림을 좋아한다. 어떤 그림이든 다 좋아한다. 못 그린 것도 상관없다. 그림으로 표현된 건 뭐든 좋다. 그림엽서, 만화책, 애니메이션도 좋아한다. 하지만 사진은 그다지 좋아하지 않는다. 흑백사진이나 초현실적인 느낌의 사진은 괜찮지만, 인간의 삶이 사실적으로 묘사된 사진이나 영상은 좋아하지 않는다.

원래 그랬던 것은 아니다. 대학 시절에는 사진 동아리에 든 적도 있고, 사진 수업도 들었다. 그때 큰돈을 모아 구매한 수동식 필름카메라를 여태 가지고 있다. 하지만 어느 순간부터 사진이 싫어졌다. 인간의 삶을 사실적으로 묘사하는 모든 것이 싫어졌다. 그래서 이런 연구를 시작했고, 연구를 하면서 내가 가진 그림에 대한 집착을 이해할 수 있게 되었다.

사진이나 영상을 보고 있으면 곧잘 내 현실이 떠오른다. 기억 속에 꾹꾹 묻어두었던 일들이 갑자기 생각나기도 한다. 우연히 본 한 장면이 내 머릿속을 휘젓고 다닌다. 그래서 내가 원하지 않는 감정에 사로잡힌다. 갑자기

슬퍼지거나 침울해지고, 때로는 분노가 치밀기도 한다. 내가 지금 보고 있는 것이 실제 내게 일어나는 일인 것처럼 느껴지기 때문이다. 하지만 그림을 볼 때는 이런 일이 생기지 않는다. 내 현실을 떠올리지 않고 온전히 그림과 영상에 집중하게 된다. 특히 비현실적인 내용의 애니메이션을 볼 때 그렇다. 내 현실은 완전히 망각한 채 비현실의 세계에 푹 빠져든다.

한번은 혼자 극장에 가서 애니메이션을 봤다. 관객이 많지는 않았는데 나처럼 혼자 온 사람이 대부분이었다. 직감적으로 나와 비슷한 사람들임을 알 수 있었다. 그들의 눈빛과 표정에서 현실과 거리를 두며 살고 싶은 마음이 전해졌다. 그래서 혼자였지만 혼자가 아닌 것 같았다. 모두가 아는 사람처럼 친근했다. 물론 오롯이 작화나 스토리 때문에 애니메이션을 좋아하는 사람도 분명 많을 것이다. 하지만 혼자 극장에 오는 사람 중에는 나와 비슷한 이유를 가진 사람이 많은 듯하다. 그런 사람들을 만나면 반갑다. 알은척을 하지는 않지만, 서로의 존재를 인식하는 것만으로도 힘이 된다.

# 경기장

내 주위에 있는 사람들을 보고 있으면 이들이 육상 선수 같다는 생각이 들곤 한다. 출발선에서 땅 하는 신호음이 울리면 모두 앞을 향해서 뛰어간다. 성큼성큼 내달리는 사람도 있고 뒤처지는 사람도 있다. 상대방을 견제하며 어깨싸움을 하는 사람도 있다. 저마다 모습도 성격도 제각각인 사람들이 모두 앞을 바라보며 경쟁하고 있다.

나는 경기에 참여하지 못하는 존재다. 이들이 사력을 다해 뛰는 모습을 멀리서 지켜보고 있을 뿐이다. 경기에 참여하지 않아 자유롭고 편안하긴 한데, 불편한 점이 하나 있다. 경기장 밖에 있기 때문에 인간의 적나라한 모습을 보게 된다. 경쟁할 때 인간의 잔인함, 나약함, 추악함이 드러나지만, 정작 트랙 위에 있는 사람들은 그걸 보지 못한다. 경쟁에 이기는 데 온 신경을 쏟느라 자신과 다른 사람을 냉정하게 바라볼 틈이 없다. 하지만 밖에 있는 사람에게는 이런 것들이 보인다. 일그러진 표정, 삐뚤어진 마음, 남을 이기려는 추한 몸짓. 그러다 보면 인간에 대한 신뢰가 사라진다. 차라리 나도 보지 않았더라면 하는 생각마저 든다.

이런 경기는 우리 사회 곳곳에서 벌어지고 있다. 직장에서, 학교에서, 모임에서 승자와 패자를 가르는 경기에 사람들이 참여하고 있다. 여기에서 벗어나면 전에 보이지 않던 것이 보이고, 사람을 진심으로 신뢰하고 사랑하기 어려워진다.

내가 지금 어떤 경기에도 참여하지 못하는 건 내 선택이 아니다. 내 삶이 경기에 참여할 수 있는 자격을 박탈한 것이다. 내게 별다른 일이 생기지 않았다면 나도 지금 크고 작은 경기를 열심히 뛰면서 살고 있을 것이다. 인간에 대한 고민 같은 건 할 필요도 없을 것이다. 인간의 잔인함과 나약함 때문에 마음이 괴롭고 아파오는 일도 물론 없을 것이다. 그래서 가끔은 경기에 뛰지 못하는 나 자신에 연민을 느낀다. 부상을 당해 경기장 밖 벤치에 앉아서 쓸쓸히 경기를 지켜보는 선수 같기만 하다.

# 야경

나는 도시의 야경을 좋아한다. 낮에는 그저 거대한 물체
같은 건물들만 보이지만, 밤이 되면 그 안에 있는 사람들이
보인다. 물론 사람들의 모습이 자세히 보이지는 않는다.
실루엣만 보일 뿐이다. 그들이 어떤 사람인지, 어떤 삶을
사는지는 전혀 알 수 없다.

아파트도 마찬가지다. 낮에 보면 하나의 거대한 건물로
보이지만, 밤이 되면 집집마다 하나둘 불이 켜지며
사람들의 존재가 드러난다. 수없이 많은 사람이 보인다.
그들을 전혀 알 순 없지만 하나같이 누군가의 자식이고,
더러는 부모일 것이다.

밤이 되면 빌딩 안에서 일하고 아파트 안에서 살고
있는 많은 사람이 모습을 드러낸다. 이뿐만이 아니다.
강변북로를 가득 채운 차 안의 많은 운전자 실루엣이
보이고, 한강 다리를 건너는 지하철 창문 너머로는
손잡이를 잡고 서 있는 사람들도 보인다. 밤이 되면
슬금슬금 나타나는 영혼들처럼 정체를 알 수 없는
실루엣들이 도시를 점령한다.

이들 모두 각자 삶이 있고 생각과 감정이 있겠지만,
내게는 공간을 채우는 수많은 실루엣 중 하나로 여겨진다.
그 실루엣을 보는 게 좋은 건 나 역시 그중 하나라는
사실을 깨닫게 되기 때문이다. 내 현실이 버겁고 감정과
생각이 몹시 무거울 때, 내가 건물 속에 어렴풋이 비치는
하나의 실루엣이라는 사실을 떠올리면 나 자신을 충분한
거리를 두고 바라볼 수 있게 된다. 늦은 밤 빌딩을 채우고
있는 수많은 실루엣을 보듯 나를 볼 수 있게 되는 것이다.
그러면 마음이 평온해진다. 내가 아무것도 아니라는
사실이 내게 위안을 준다. 그래서 나는 도시의 야경을
사랑한다.

자동차   탈의실


차를 타고 이동하는 일이 많다. 학교에서 부모님 댁으로,
부모님 댁에서 병원으로, 병원에서 집으로 수없이 오간다.
부모님 댁이나 병원에서 나올 때 가끔 힘이 빠지거나
마음이 괴로울 때가 있는데, 그럴 때면 신나는 음악을
크게 튼다. 록이나 힙합을 들으며, 리듬에 맞춰 머리와
몸을 흔든다. 차가 흔들릴 정도로 과하게 흔들 때도 있다.
한바탕 신나게 음악을 즐기고 나면 마음이 리셋된다.
강의실이나 강연장에서 나를 기다리는 사람들이나 집에서
나를 기다리는 아이 앞에서 맑은 웃음을 지어낼 수 있다.
   옷가게 탈의실에서 새 옷을 입고 나오면 분위기가

달라지는 것처럼, 자동차 안에서 나는 짧은 시간에 내 분위기를 바꾼다. 자동차가 내게는 마음의 옷을 갈아입는 탈의실인 셈이다.

자동차 안은 신기한 공간이다. 차 문을 닫고 음악을 트는 순간, 그곳은 나만의 공간이 된다. 세상 모든 것이 아득하게 멀어진다. 그래서 잠시라도 현실과 완전히 멀어져 음악을 즐길 수 있다. 그리고 차에서 내릴 때가 되면 기운차게 다음 일을 시작할 마음의 준비가 된다.

가끔은 운전 중에 속력을 높이기도 한다. 강변북로에 차가 없을 때 잠깐이라도 속력을 높여본다. 그러면 내가 빠르게 앞으로 나아가는 것이 느껴진다. 아무리 현실이 답답해도 그 순간만큼은 빠르게 앞으로 달려가게 된다. 현실이 나를 붙잡고 늘어지려 해도 나는 잡히지 않는다. 몇 시간씩 고속도로를 달리는 것도 좋아한다. 온전히 내게 집중할 수 있기 때문이다. 이럴 때는 평소 고민하던 연구 주제나 강의 내용을 머릿속으로 차분하게 정리한다. 그리고 스마트폰 녹음 기능을 이용해 정리된 생각들을 남긴다.

이런 이유들로 나는 운전하는 것을 좋아한다. 지금은

일반 승용차를 모는데, 휠체어 리프트가 장착된 승합차로
바꾸는 것을 고민하고 있다. 휠체어를 이용하는 형과
아버지를 차에 태우고 내리는 것이 몹시 힘들기 때문이다.
승용차건 휠체어 리프트가 달린 승합차건 상관없다. 어떤
차든 그 안에서 나는 언제든 내 마음의 옷을 갈아입고,
언제까지나 앞으로 달려 나갈 수 있다.

# 빈　시간

　누구나 하루에 빈 시간이 있기 마련이다. 당장 처리해야
할 업무나 어떠한 일도 없는 시간 말이다. 이런 시간에
아무런 생각이나 감정이 생기지 않는 사람도 있겠지만
나는 이 시간이 가장 괴롭다. 현실이라는 괴물이 머릿속에
쳐들어오기 때문이다. 바쁠 때는 잊고 있던 내 현실과
상황에 대한 생각이 머릿속을 먹어치우기 시작한다.
마음이 고통스럽게 느껴지기도 하고 불안해지기도 한다.
그래서 나는 빈 시간이 두렵다.

　전에는 빈 시간에 게임을 하거나 영상을 봤다. 그러다가
어느 순간부터 글을 쓰기 시작했다. 일기를 쓰지는 않는다.

일기는 나의 삶과 감정을 적는 것이어서 오히려 현실을
떠올리게 되고 감정이 격해질 위험이 있다. 그래서 나에
대한 것이 아니라 이성적인 글을 쓴다. 브랜드를 만드는
방법이나 소비자의 욕망에 대해 설명하는 글을 써내려가는
식이다. 브랜딩에 대한 나만의 이론을 만들기도 한다.
이렇게 이성적 글쓰기에 몰입하면 현실을 완전히 잊게
된다. 지금 어떤 일이 생기고 있는지는 물론, 과거도
미래도 사라져버린다. 글을 쓰고 있는 현재라는 시간에
온전히 파묻혀 세상과 멀어진다.

시간이 빌 때마다 글을 쓰는 것이 습관이 된 지 오래다.
가방에 늘 노트와 만년필을 챙긴다. 질이 좋은 노트에
사각사각 소리를 내며 무작정 글을 써내려간다. 가방에
노트북이 있을 때는 노트북을 꺼내서 글을 쓴다. 약속
시간이 남아서 주차장에 차를 세워놓고 대기하는 짧은
시간에도 노트북을 꺼내 글을 쓴다. 10분이 남으면 10분
동안 쓰고, 30분이 남으면 30분 동안 쓴다. 노트도 노트북도
없다면 스마트폰 메모장에 쓴다.
이런 글쓰기 습관 덕분에 이제는 빈 시간에 현실의

괴물이 쳐들어오는 일은 거의 생기지 않는다. 가끔 내 꿈속에 찾아오긴 하지만, 깨어 있는 시간에는 들어올 틈이 없을 것이다.

처음에는 괴물과 싸우기 위해서 글을 쓰기 시작했지만, 이 덕분에 여러 권의 책을 낼 수 있었다. 내가 글쓰기 대신 게임을 하거나 동영상을 시청하는 것으로 현실의 괴물을 멀리하려 했다면 지금까지 단 한 권도 내지 못했을 것이다. 책을 내기 위해서가 아니라 괴물과 싸우기 위해 글을 쓰다 보니 출판하지 않은 원고들이 내 컴퓨터 폴더에 수북이 쌓여 있다. 이런 원고들이 아깝다는 생각은 들지 않는다. 이 글을 쓰는 동안 내 생각과 마음이 괴물의 공격에서 벗어났으니 그것만으로 충분하다. 지금 이 순간에도 틈날 때마다 노트에, 노트북에, 스마트폰 메모장에 글을 쓴다. 글은 내가 가진 최고의 무기임에 분명하다.

## 수목장

작년 봄, 형의 상태가 급격하게 나빠진 적이 있다.
잠깐 의식이 돌아왔을 때 형은 어머니에게 "나 이제 죽나
봐요"라고 말했다. 형은 중환자실로 옮겨졌고, 병원에서
부모님에게 서류에 서명을 요청했다. 임종을 준비하라는
의미였다. 나는 마음이 바빠졌다. 스마트폰으로 장례
절차와 방식을 알아보았다. 납골당은 싫었다. 평생을 고통
속에서 살아온 형을 작은 항아리에 담아 답답하게 있게
하기 싫었다. 그래서 수목장을 알아봤다. 그전까지는
수목장이 뭔지도 몰랐다.

서울 근교 수목장 주소를 메모하고, 몇 곳을 찾아갔다.

수목장에 도착해서 둘러보니 나무 생김새도 다양했고, 고인을 몇 명 모시느냐에 따라 가격도 천차만별이었다. 많은 나무를 살펴봤다. 그런 뒤 탁 트인 전망이 펼쳐진 곳에 서 있는 작은 소나무를 선택했다. 가격은 부담이 되었지만 가족 모두가 함께 들어갈 수 있는 크기였다.

다행히 형은 의식을 되찾아 집으로 돌아왔다. 그날 이후 형은 상태가 전보다 크게 나빠졌지만, 강한 의지를 가지고 생명의 끈을 붙잡고 있다. 내가 마련한 수목장 나무는 아직 비어 있다. 앞으로 오래도록 이 나무가 비어 있기를 바란다.

그런데 수목장 나무를 마련한 이후 내게 조금 신기한 변화가 생겼다. 전보다 마음이 편안해진 것이다. 내가 생을 마감할 장소가 마련되니 왠지 모르게 홀가분해졌다. 언제 삶이 멈춰도 아무 걱정이 없다는 든든함마저 들었다.


사람들은 자신의 죽음을 두려워한다. 그래서 죽음에 대한 생각을 외면한다. 하지만 외면한다고 피할 수 있는 건 아니다. 모든 사람은 결국 죽음을 맞이할 수밖에 없다. 피할 수 없는 일이라면 자신의 죽음을 준비하는 것도 괜찮을 것이다. 자신의 시신이 묻힐 곳과 처리되는 방식을 미리 정하고 나면 마음이 한없이 편해진다. 사소한 생각과 감정은 무의미하게 느껴진다. 내 삶을 한발 뒤로 물러나 편안하게 바라볼 수 있게 된다. 어쩌면 죽음이라는 것은 우리가 가장 가까이 대해야 하는 것인지도 모른다.

## 4장

# 행복을 얻는 법

행복을 리셋하는 방법은 간단하다.
내 삶에 가장 고통스러웠던 순간을 노트에 적어보는 것이다.
몹시 괴로웠던 순간, 시간이
완전히 멈춰버렸다고 생각한 순간을 적는다.
사실 이런 순간은 너무나 많은데, 모두 적을 필요도 없다.
단 하나면 된다. 그것만으로 내 마음은 정신을 차린다.

# 행복 리셋

인간이 가진 가장 놀라운 능력 중 하나는 적응력이다.
사람은 어떤 환경에서든 적응해서 살아가기 마련이다.
나도 삶이 달라졌지만 적응력 덕분에 잘 살아가고 있다.
인간의 적응력은 환경에만 발휘되는 건 아니다. 행복에도
적용된다. 사실 이는 조금 안타까운 지점인데, 행복에
익숙해져 무덤덤해진다는 얘기다. 그래서 우리는 계속 더
큰 기쁨과 행복을 원하게 된다.

　나는 가끔씩 내 행복을 리셋하는 작업을 한다. 요즘처럼
매일 병원과 부모님 댁을 오가며 정신없이 하루를 보내는
때도 있지만 평화로운 날들이 한동안 지속되는 때도

있다(아버지가 암을 얻으시기 전에는 그런 날들이 제법 있었다).
그럴 때면 감사함을 잊고 더 큰 행복을 바라게 되는데,
그때마다 어김없이 리셋 스위치를 누른다.

행복을 리셋하는 방법은 간단하다. 내 삶에 가장
고통스러웠던 순간을 노트에 적어보는 것이다. 몹시
괴로웠던 순간, 시간이 완전히 멈춰버렸다고 생각한
순간을 적는다. 사실 이런 순간은 너무나 많은데, 모두
적을 필요도 없다. 단 하나면 된다. 그것만으로 내 마음은
정신을 차린다. 지금 내 현실이 얼마나 감사한 것인지
깨닫고, 아주 작은 것들에도 큰 기쁨과 행복을 느끼게
된다. 지금은 글을 쓸 수 있다는 것만으로도 충분히
행복해진다.

이 책을 쓰는 이유도 내 행복을 리셋하기 위해서인지
모른다. 지난 24년의 삶을 쭉 돌아보고 있으니 대대적인
리셋 작업이다. 이 정도면 리셋이 아니라 완전히 포맷하는
것에 가깝다. 그래서인지 요즘 나는 그 어느 때보다도
행복하다. 일상에서 큰 기쁨과 행복을 느끼고 있다.
잠깐 보게 되는 부모님의 미소에도 행복을 느끼고, 푸른

하늘을 봐도 행복하다. 그래서 내게 주어진 하루를 더 잘 보내겠다는 의지가 솟아오른다. 내게 더 많은 시간이 주어진다면 많은 사람에게 기쁨과 행복을 주는 사람이 되고 싶다는 꿈을 꾸게 된다.

# 오리진

현재 애플의 최고경영자인 팀 쿡*Tim Cook*은 부사장으로 승진한 후로도 한동안 예전부터 살던 작은 집에 거주했다고 한다. 그가 얼마나 많은 돈을 버는지 생각하면 놀라운 일이다. 대부분은 버는 돈이 많아지면 더 좋은 집으로 이사를 가기 마련이니까. 언론사 기자가 이사하지 않은 이유를 묻자 팀 쿡은 그 집이 자신의 오리진*origin*, 즉 자신이 어디에서 왔는지를 알게 해주기 때문이라고 대답했다. 자신이 현재 위치에 오르기 전의 모습을 늘 자각하기 위해서라는 것이다.

몇 년 전 팀 쿡이 이런 이야기를 했다는 것을 알게

되었는데, 그의 말이 뇌리에 강하게 박혀 잊히지 않는다. 내가 지난 24년간 해온 것과 너무 비슷하기 때문이다.

내가 삶에서 이룬 가장 큰 성과는 교수가 된 것일 테다. 하지만 내 주변이 다 교수이고, 한국에 얼마나 많은 교수가 있는지 생각하면 아무것도 아닌 것처럼 느껴진다. 교수가 되었다는 것에 대한 감사함을 잊게 된다. 하지만 박사과정 시절에 나는 교수가 될 수 있을 거라고 기대하지 않았다. 박사과정을 중간에 그만둘 생각도 했고, 박사학위를 받을 자신도 없었다. 학위를 받아도 교수가 될 자신은 없었다. 그런 시절을 생각하면 지금 내가 교수라는 건 더 바랄 것 없이 감사한 일임에 분명하다.

나는 박사과정 시절을 잊지 않으려 노력한다. 박사과정 때는 미국에 있었으니 팀 쿡처럼 그때 살던 집에서 살 수는 없는 노릇이고, 그 대신 박사과정 시절에 하던 것들을 지금도 계속하고 있다. 당시 라면으로 끼니를 때웠던 때가 많았던 것처럼 지금도 라면으로 식사를 자주 한다. 당시 길에서 파는 저렴한 음식을 사 먹었던 것처럼 지금도 저렴한 음식을 주로 먹는다. 당시 걸어서 먼 거리를 다녔던

것처럼 지금도 먼 거리를 걸어 다닌다. 당시 모든 것을
직접 고쳐야 했던 것처럼 지금도 웬만한 것은 직접 고쳐서
쓴다. 페인트칠도 하고, 세면대 수전이나 화장실 변기
부품도 직접 바꾼다. 심지어 이발도 직접 한다. 지난 15년간
미장원에 가본 적이 없다. 미국에 있을 때 집에서 혼자
머리를 손질하던 습관을 유지하고 있는 것이다. 병원도 잘
가지 않는다. 미국은 의료비가 너무 비싸서 웬만해서는
병원에 가지 않았다. 응급실에 가는 것은 상상도 못 했다.
그래서 지금도 어금니가 아프고 흔들려도 거울을 보며
내가 뽑아버린다. 피가 줄줄 흘러내리지만 그냥 참는다.

　사소한 일들이지만 모두 내 박사과정 시절을 떠오르게
하는 것들이다. 이런 일들을 계속하고 있으면 자연스럽게
내가 어디서 왔는지 인식하게 된다. 내가 아무것도 아닌
사람이라는 사실을 자각하게 된다. 그리고 지금 내게
주어진 모든 것에 감사하게 된다. 내가 교수가 된 것도,
대학에서 강의를 하고 있는 것도, 책을 내고 사람들과 만날
수 있는 것도 과분하게 감사한 일들이다. 더 이상 바랄
것이 없을 정도로 나는 행복한 삶을 살고 있다.

# 웃는 법

박사과정 시절 미국 대학들에 교수 채용 인터뷰를
가기 전, 지도교수가 인터뷰 연습을 도와주었다. 나는
정장을 차려입고 실제 인터뷰하듯 내 연구에 대해
설명했다. 설명을 마치자 지도교수가 미소를 좀 지으라고
조언해주었다. 집에 돌아와 거울을 보니 얼굴에 아무런
표정도 담겨 있지 않았다. 잔뜩 굳어 약간 화가 난 듯
보이기도 했다. 미소를 지어보려고 했지만 어색했다.
입만 웃는 모양이고 눈이나 다른 곳은 그대로였다. 누가
보더라도 억지웃음이었다. 미소를 몇 초간 유지하자 얼굴
근육이 파르르 떨렸다. 입 전체에 경련이 이는 듯했다. 그

순간 내가 웃는 법을 잊어버렸다는 사실을 깨달았다.

표정에는 그 사람의 삶이 묻어나기 마련이다. 어린 시절부터 부모님이나 주변 사람에게서 사랑을 많이 받고 자란 사람은 얼굴에 미소가 배어 있다. 미소가 감정 표현 수단에 그치지 않고 얼굴 근육으로 자리한 것이다. 이들은 어떤 상황에서도 여유롭고 자연스러운 미소를 짓는다. 내 얼굴에도 지난 시간이 고스란히 배어 있었다. 그래서 괴롭고 힘든 표정만 지어졌던 것이다.


지도교수가 내 표정에 대해 조언한 것이 15년 전이다. 지금은 예전과 비교할 수 없을 정도로 잘 웃는다. 부모님 댁에 갔을 때도, 아이와 함께 있을 때도 잘 웃는다. 좋아하는 사람들을 만날 때도 그렇다. 그래서 내가 잘 웃는 사람이 되었다고 생각하기도 했다.

그런데 곰곰이 돌아보니 내가 웃는 데는 한 가지 조건이 있었다. 좋아하는 사람이 앞에 있어야 한다는 것이다. 혼자 있거나 불편한 사람과 있을 때는 15년 전 표정과 그다지 다르지 않다. 그러니까 나는 성격이 변했거나 삶이 행복해져서 웃음이 나는 게 아니라, 그 사람을 사랑하기 위해서 웃는 것이다.

부모님 댁에서 웃는 건 그들에게 사랑받기 때문이
아니라, 내가 그들을 사랑한다는 것을 보여주기 위해서다.
아이와 함께 있을 때도 나를 향한 아이의 사랑이
느껴져서라기보다는 원하는 만큼 같이 있어주지 못하지만
그래도 내가 진심으로 사랑한다는 것을 아이에게 전하기
위해서 웃는다. 내가 좋아하는 사람들을 만날 때도
마찬가지다. 그들이 나를 좋아해서 웃음이 나는 게 아니라
그들이 좋기 때문에 웃는다. 물론 억지로 만들어내는
웃음은 아니다. 내 사랑을 표현하는 것이 행복하기
때문이다.

행복이 반드시 내 것일 필요는 없다. 사랑을 받아야만
행복한 건 아니다. 다른 사람에게 사랑을 주는 것으로도
충분히 행복해질 수 있다. 비록 그 행복이 내 것이
아니더라도….

# 동심

 

 

 

요즘은 내게서 어린아이 같은 모습이 자주 발견된다.
원래 그랬던 건 아니다. 나는 아이 같은 모습하고는
거리가 멀었다. 하지만 내 아이와 놀기 시작하면서
조금은 어린애처럼 된 것 같다. 아이와 게임을 하거나
우스꽝스러운 행동을 할 때면 마음이 편안해지고
행복하다. 그래서 아이하고 놀 때는 작정하고 또래
아이처럼 신나게 논다. 그리고 언젠가부터 아이하고 놀지
않을 때도 내가 어린아이처럼 느껴지곤 한다.

주변에 어린아이가 있다면 잘 알 것이다. 아이는 어른
눈에는 별것 아닌 일에 몹시 기뻐하고 즐거워한다. 너무나

사소해서 아무런 감흥이 없는 일에도 크게 흥분하고 행복해한다. 아이에게 세상은 놀라운 것으로 가득하다. 그래서 즐거울 일도, 기쁠 일도, 행복할 일도 많다. 물론 부모의 사랑을 온전히 받지 못하는 아이들은 다를 수 있겠지만, 어느 정도 사랑을 받고 자라는 아이의 얼굴에는 행복감이 묻어난다.

하지만 어른이 되는 순간부터 기쁨도 즐거움도 행복도 얻기가 어려워진다. 나를 한없이 기쁘게 했던 것들이 더 이상 기쁨이 되지 않는다. 우스꽝스러운 표정 하나로도 크게 즐거워했던 일은 추억 속으로 사라지고 만다. 대개 이런 일은 어린 시절 한때 겪는 거고 어른이 되면 사라지는 게 당연하다고 생각하기 쉽지만, 그렇지 않다. 어른이 되어도 천진난만한 어린아이는 마음속에 여전히 살고 있다. 우리 스스로 어른이 되어야 한다는 부담감에 마음속 아이를 잠들게 한 것뿐이다. 마음속 아이를 되살려내면 예전처럼 세상 모든 것에 기쁘고 즐겁고 행복할 수 있다.

나도 어렸을 때는 여느 아이들처럼 별것 아닌 일에 기뻐했고 즐거워했다. 세상 모든 것이 신기하게 느껴졌다.

하루하루가 즐겁고 신나는 모험 같았다. 내 아이와 천진난만하게 놀면서 내 마음속에 잠들어 있던 아이가 깨어나자 다시 이런 일들이 생겼다. 작은 일에도 큰 기쁨이 느껴졌고, 별것 아닌 사실도 새로 알게 되면 몹시 흥분됐다. 세상이 다시 신기함으로 가득 찬 미지의 공간처럼 느껴지기 시작했다.

이것이 내가 요즘 어린아이가 된 것처럼 느끼는 이유이다. 마음속 깊이 잠들어 있던 아이가 깨어나자 세상이 얼마나 즐겁고 신나는 곳인지 새삼 깨닫게 되었다. 삶에 대한 의지, 모험에 대한 의지가 다시 솟아오른다. 더 많은 것을 배우고, 더 많은 곳을 탐험하고 싶다. 내 동심을 잊고 살았던 세월이 안타깝게 느껴질 정도로 어린아이처럼 세상을 바라보고 느끼는 게 좋다. 그래서 앞으로는 늘 어린아이의 마음으로 살아가고 싶어졌다. 현실의 어려움이 나를 다시 어른으로 돌려놓겠지만, 그래도 마음속 어린아이가 다시 잠들게 하지는 않을 것이다. 생을 마감하는 순간까지 어린아이의 마음으로 살아갈 것이다.

# 옛날   노래

새벽녘 머리맡에 둔 전화기 벨소리에 잠이 깼다.
어젯밤에는 내가 교육을 담당하고 있는 회사의 마케터들과
회식자리가 있었다. 모처럼 한 저녁 외출이었다. 내가
많이 좋아하고 응원하는 사람들이어서 이들과의 만남을
통해 나도 큰 힘을 얻었다. 회식 장소는 집에서 꽤 떨어진
곳이었지만 대중교통을 이용하지 않고 한 시간가량
걸어서 밤늦게 집에 돌아왔다. 늦가을의 쌀쌀한 밤공기를
들이마시며 잠시나마 기쁨과 즐거움을 만끽했다. 그리고
평소보다 늦은 시간에 잠이 들었다. 오랜만에 술을
마셔서인지 전화 벨소리를 듣고도 한동안 깨지 못했다.

겨우 정신을 차리고 통화 버튼을 누르니 전화기 너머로 구급대원의 다급한 목소리가 들려왔다. 어머니를 모시고 응급실에 왔는데 검사 진행을 위해 보호자가 와야 한다는 것이었다.

지난주에는 형을 데리고 응급실에 왔었다. 투석용 혈관에 문제가 생겨 토요일에 급하게 응급실을 방문했고, 형은 3일간 입원 후 퇴원했다. 그전에는 아버지를 모시고 수없이 병원을 오갔다. 아버지는 세 달 동안 네 차례나 입원했다. 그리고 이번에는 어머니 차례다. 어머니는 갑자기 심한 두통과 메스꺼움, 어지럼증이 생겨 종종 쓰러졌는데, 오늘 새벽 증상이 평소보다 심해 구급차를 불러 혼자 응급실에 가신 것이다.

나는 세수도 못 한 채 집을 나섰다. 평소보다 일찍 아이를 학교에 데려다주고 병원으로 향했다. 침상에 누워 있는 어머니의 상태를 확인하고, 어머니의 검사 스케줄을 들은 후 서둘러 학교로 왔다. 10시부터 강의가 있기 때문이다. 씻지도 못하고 제대로 옷도 갖춰 입지 못한 상태로 강의실에 들어갔다. 강의 준비도 전혀 되어 있지 않았다. 평소 같았으면 아이를 학교에 데려다준 후 강의 준비를 했겠지만 이날은 아무것도 할 수 없었다. 남루한 차림에 모자를 눌러쓰고 강단에 섰다. 몸도, 마음도, 내 모습도 완전히 무너진 상태였다.

　내가 평소 강의실에 도착해서 가장 먼저 하는 일은 음악을 트는 것이다. 10분 정도 먼저 강의실에 도착해 수업이 시작되기 전까지 음악을 틀어놓는다. 보통은 요즘 유행하는 신나는 음악을 듣는데, 오늘은 옛날 노래가 듣고 싶어 카펜터스Carpenters의 〈예스터데이 원스 모어Yesterday Once More〉를 틀었다. 학생들이 강의실에 들어오는 것을 기다리며 음악을 듣는데 눈물이 쏟아질 것 같았다. 학생들 앞에서 눈물을 흘릴 수는 없어 모자를 꾹 눌러쓰고 눈물을 애써 참아냈다.

　이렇게 약 4분 정도의 시간이 흘렀다. 짧은 시간이었지만 노래 한 곡에 큰 위로를 받았고, 마음을 추스를 수 있었다. 강의를 위해 마이크를 들며 마음속으로 이렇게 말했다. '강의실 안에는 지금 이 순간 삶의 의지가 꺾이고 있는 학생이 있을지도 모른다. 나는 그런 학생들에게 힘이 되고, 용기가 되고 싶다. 그런 학생들이 나를 보면서 삶에 대한

의지를 가졌으면 좋겠다.'

　그래서 나는 늘 신나고 재밌는 일들로 가득한 인생을 사는 사람처럼, 세상에 무엇도 두렵지 않은 사람처럼 밝고 자신감 넘치는 표정으로 스피커가 쩌렁쩌렁 울리도록 오늘의 강의를 시작했다.

# 겨울    햇살

오전 강의가 끝나자마자 병원으로 달려와 아버지를 모시고 항암주사실, 외래진료실 등을 오가고 있다. 지금은 한 손에는 포비드 용액과 의료용 밴드 등 의약품이 가득 담긴 검은 봉투를, 다른 손에는 진료 대기표를 들고 멍하니 진료실 앞에 앉아 있다.

이 시각 어머니는 119구급차를 타고 형과 다른 병원 응급실로 가고 있다. 집에 있던 형이 넘어지는 바람에 머리에 출혈이 심한 상태라고 했다. 형의 상태가 무척 걱정되는데, 어머니는 경황이 없으신지 내 문자를 확인하지 않고 있다. 형은 괜찮은 걸까?

지금 학교에는 경영대학 교수들이 강의실에 모여 있다. 차기 학장이 되고 싶은 사람들이 한 사람씩 소견을 발표하고 있을 것이다. 자신들의 포부를 전달하려는 사람들과 이들이 학장이 될 자격이 있는지를 평가하려는 사람들 사이에 형성된 긴장감이 강의실을 가득 채우고 있을 테다.

진료실 앞 천장에 매달린 모니터에서는 어젯밤 있었던 대통령의 비상계엄 선포와 관련한 뉴스가 흘러나오고 있다. 어제 나는 지쳐 쓰러지듯 일찍 잠들었고, 아침부터 강의를 하고 병원에 오느라 정신이 없어서 무슨 일이 일어난 건지 상황이 잘 파악되지 않는다. 밤새 한국에 심각한 일이 생긴 모양이다.

머리가 멍하다. 나는 지금 어디에 있는 걸까? 지금 이 순간은 현실일까, 아니면 공상일까? 나는 꿈을 꾸고 있는 것일까? 나를 둘러싼 모든 것이 흐릿한 그림자와 웅성거리는 소리로 변하기 시작한다. 현실과 공상의 경계가 사라진다. 나라는 존재가 세상에서 소멸하고 있는 것만 같다. 윙윙, 웅성웅성, 윙— 하는 소리 속에 묻혀 내가 먼지처럼 사라지고 있는 듯하다.

그 순간 옆에 있던 아버지가 말씀하셨다.

"오늘은 햇살이 참 따뜻하구나."

병원 창문으로 한겨울 오후 햇살이 밀려들어와 나와 아버지를 비추고 있었다. 정신이 번쩍 들었다. 시간이 멈춰가는 아버지에게는 창문으로 들어오는 햇살도 한없이 소중할 수 있다는 사실을 깨달았다. 그리고 세상에는 소중한 것이 가득하다는 것도 새삼 느꼈다. 내가 이 소중함을 잊어버리고 있었을 뿐이다.

갑자기 소멸해가던 내 영혼에 피와 살이 다시 붙기 시작했다. 웅성거리던 소리들이 또렷하게 들리고, 희미했던 시야가 선명해졌다. 나는 내 육체와 정신을 되찾았다. 세상에 존재하는 그 어떤 것도 놓치고 싶지 않다고 느꼈다. 내게 시간이 주어지는 한 모든 것을 소중히 여기겠다고 스스로에게 다짐했다.

악마의    맛


삶이 힘들다고 느껴질 때, 마음이 무너질 것 같을 때,
나는 달콤한 것을 먹는다. 초콜릿이나 아이스크림을
먹기도 하고, 콜라 한 캔을 쭉 들이켜기도 한다. 그러면
행복감이 밀려온다. 사실 뇌는 설탕이 주는 행복감과
사랑이 주는 행복감을 구분하지 못한다. 달콤한 음식을
먹을 때나 사람들에게 사랑을 받을 때나 똑같이
행복하다고 느낀다.

달콤한 것으로 행복감을 느끼는 걸 한심하게 여기는
사람도 있을 것이다. 행복은 음식이 아니라 삶에서 찾아야
한다고 말할지도 모르겠다. 하지만 모든 사람이 삶에서

행복을 찾을 수 있는 건 아니다. 사는 것 자체가 고통인 사람, 자신을 사랑해줄 사람이 아무도 없는 사람, 가진 게 아무것도 없는 사람. 이런 사람에게는 설탕이 행복의 유일한 원천일 수 있다. 그래서 나는 달콤한 것이야말로 가장 평등한 행복이라고 생각한다.

하지만 달콤함 뒤에는 늘 위험이 도사리고 있다. 한번 행복을 맛본 뇌는 더 강한 자극, 더 큰 행복을 원하게 된다. 달콤함에 중독되는 것이다. 박사과정 시절에 나는 아이스크림에 의존했었다. 아무리 괴로워도 아이스크림을 한입 먹으면 편안하고 행복해졌다. 한동안 아예 저녁식사 대신 아이스크림을 먹기도 했다. 하겐다즈와 벤앤제리스의 다양한 제품을 매일 바꿔가며 먹었다. 하지만 어느 순간부터는 아이스크림을 먹어도 행복해지지 않았다. 그래도 아이스크림 먹는 것을 멈추지 못했다. 그냥 습관이라고 여겼지만 사실은 중독된 것이었다. 체중은 15킬로그램이나 불어나 있었다.

그 이후 나는 달콤한 것을 '악마의 맛'이라고 부른다. 더는 중독되지 않기 위해 굳이 '악마'라는 단어를 쓰는

것이다. 평소에는 최대한 피하고, 정말 힘들 때, 위로가 꼭
필요한 순간에만 맛본다. 그 행복감을 최대한 만끽하기
위해 평소에는 최대한 멀리한다. 좋아하는 사람과 식사할
때 마지막에 꼭 달콤한 디저트를 먹는데, 이런 자리가
내겐 흔치 않아 이때 더 큰 행복감을 느끼고 싶어서다.
그래서 식사 후에 아이스크림 가게를 가거나 편의점에서
아이스크림을 사 먹는다. 그 순간 나는 한없이 행복해진다.

달콤함이 주는 행복은 누구나 가질 수 있다. 큰 집이
없어도, 돈을 많이 벌지 않아도, 다른 사람들에게 사랑받지
않아도 가능하다. 달콤한 것에 취해 살지 않을 수만 있다면
말이다. 달콤함은 그 누구도 차별하지 않는다. 누구에게나
친절하고 누구에게나 행복을 준다. 그래서 나는 값싼
초콜릿이나 아이스크림이 주는 행복감을 그 무엇보다
사랑한다.

# 행복한 인생

가끔은 모든 것을 놓아버리고 싶은 마음이 든다. 괴로운 마음이 나를 사로잡는다. 약자에게 불친절하거나 이기적인 사람들을 마주할 때면 화가 치밀어 오르기도 한다. 하지만 내 삶에는 기쁘고 즐겁고 행복한 순간이 가득하다.

부모님과 형의 얼굴에서 미소를 볼 때, 내 책에 공감해주는 사람들을 만날 때, 강연장에서 내 이야기에 진심으로 귀 기울여주는 사람을 볼 때, 내가 좋아하는 사람들과 식사할 때, 하늘이 유난히 푸를 때, 저녁노을이 지평선에 끝없이 펼쳐진 것을 볼 때 나는 진심으로 행복하다고 느낀다. 살아 있다는 것만으로도 감사함을 느끼게 된다.

'인생'은 사람이 평생 살아온 기간이라고 정의된다. 이 뜻에 비추어보면 내 인생은 분명 행복하지 않다. 하지만 인생을 꼭 그렇게 정의할 필요는 없다. 인생은 수많은 순간으로 이뤄지니 내가 살고 있는 '지금 이 순간'이라고 정의해도 무방할 것이다. 그렇다면 내 인생도 충분히 즐겁고 행복하다고 볼 수 있다. 게다가 행복한 순간에 마음을 집중하면 그 순간이 영원처럼 느껴진다. 아주 잠깐일지라도 영원한 행복을 느낄 수 있다.

이런 순간들이 하나둘 연결되어 내 인생이 만들어진다. 다른 사람 눈에는 행복하지 않은 인생으로 비춰질지 몰라도, 내게는 더할 나위 없이 행복한 인생이다.

## 5장

# 낯선    타인들

좋은 사람과 달리 '선한 사람'은
자신의 손익에 관계없이 양심에 따라 행동한다.
그러다 보니 사람들과의 관계 형성에 어려움을 겪고,
좋지 않은 평판이 생기기도 한다.
하지만 이런 사람들 덕분에 세상은 조금씩
더 나은 방향으로 나아가고 있다고 믿는다.
이들은 '누군가에게' 좋은 사람은 아닐지 몰라도
'세상에' 좋은 사람이다.

# 오해

오늘은 오후에 일정이 없다. 강의도, 외부 일도, 마감인 원고나 논문도 없다. 갑자기 병원에 가야 할 수도 있지만 지금 당장은 그런 일이 생기지 않고 있다. 모처럼 몇 시간 글을 쓸 수 있는 여유가 생겼다. 그래서 글로 쓰기 머뭇거렸던 이야기, 불편함이 느껴지는 이야기를 해보려고 한다.

삶이 가끔은 힘들고 고통스러울 때도 있지만, 충분히 만족하고 감사하며 살고 있다. 힘든 날들에도 즐거움과 행복감을 느끼는 순간이 적지 않고, 내가 싸우고 이겨낸 것들에 보람도 느낀다. 이제는 가족과 관련된 일에도 어지간해서는 마음이 흔들리지 않는다. 그리고 세상에는 나보다 더 힘든 현실과 싸우는 사람이 많다는 것도 안다. 하지만 여전히 나를 힘들게 하는 것이 있다. 바로 조직의 구성원으로 일하며 살아가야 한다는 점이다.

나는 학교라는 큰 조직에 속해 있다. 조직 생활에서 말하는 능력은 매우 중요하다. 상대의 호감을 얻는 데도, 좋은 관계를 형성하는 데도, 개인 사정을 설명하는 데도 그렇다. 하지만 24년 전 나는 이 능력을 완전히 잃어버렸다. 경영이나 브랜딩에 대해 강의하는 것을 말하는 게 아니다. 이런 '이성적 말하기'는 내 직업이고 아무 어려움이 없다. 오히려 이때는 어린아이처럼 신나서 떠들고는 한다. 내가 잃어버린 건 '감성적 말하기', '생존적 말하기'에 대한 능력이다.

조직에서 관계를 잘 다지기 위해서는 타인의 감정을 읽고 그 사람이 듣고 싶은 이야기, 그 사람이 좋아할 만한 이야기를 해야 하는데 그러는 법을 완전히 잊어버렸다. 그래서 사람을 만나면 무슨 이야기를 해야 할지, 어떤 표정을 지어야 할지 도무지 모르겠다. 내 표정은 늘 어색하고, 내 말은 분위기에 맞지 않는다.

조직에서 살아남기 위해서는 개인 상황이나 사정에 대해 요령껏 말할 줄 알아야 한다. 단체행동이나 행사에 빠져야 할 때 사람들이 충분히 납득할 수 있는 말을 해야 오해를 사지 않는다. 하지만 나는 상황이 어렵고 마음이 힘들수록 입을 닫고 아무 말도 하지 않는다. 어릴 때도 이런 성향이었는데 형의 사고로 더 심해졌다. 형 이야기를 누군가에게 처음 꺼낸 게 사고 이후 10여 년이 지나서였을 정도로 개인적 이야기를 하지 못한다.

아무 말도 하지 않으면 내 상황이나 사정을 누구도 알 수가 없다. 그 바람에 나에 대한 수많은 오해가 생겨났다. 학교에서 사람들과 좋은 관계를 형성하는 건 바라지도 않지만, 오해를 받는 건 결코 유쾌한 일이 아니다. 하지만 나에 대한 오해들을 해명할 수도 없다. 사람들과 만나서 이야기할 기회도 없고, 오해를 풀 만한 말주변도 없다. 감성적 말하기와 생존적 말하기 능력이 모두 없는 나로서는 오해를 그냥 담담히 받아들일 수밖에 없다.


이렇게 사는 사람이 나만은 아닐 것이다. 여러 이유로

하루의 가능성만을 보고 살아가는 사람들, 매일 자신과 싸우는 사람들은 조직에서 크고 작은 오해를 받을 것이다. 그리고 그 오해들을 바로잡는 걸 포기한 채 묵묵히 하루하루 버티고 있을 것이다. 그래서 조직에 몸담고 있는 내 모습에 대해 써보기로 마음먹었다. 이 글을 쓰는 지금 이 순간에도 불편함이 느껴진다. 차분하게 누르고 있던 감정들이 틈을 비집고 나오려 한다.

하지만 내 이야기에 공감하고 작은 위안을 얻을 사람들을 생각하며 글을 써내려간다. 오해 속에서 살아가는 모든 사람을 위해 용기를 내본다.

고양이

부모님, 형과 한집에 살 때 고양이를 키운 적이 있다.
맛있는 사료를 주고 장난감으로 놀아주고 화장실 모래도
정성껏 갈아주었지만, 녀석은 나와 아무런 교감을 나누지
않았다. 한 공간을 쓰는 동거인이었을 뿐이다. 이제 와
생각해보니 그 고양이는 지금의 나와 무척 닮았다.

오랜 시간 혼자만의 세계에서 살아서인지 언젠가부터
사람들과 교감하는 게 어렵다. 다른 사람을 만났을 때 어떤
표정을 지어야 하고 어떤 말을 해야 하는지 잘 떠오르지
않는다. 학교에서 많은 교수를 마주치지만 친밀함은 전혀
느껴지지 않는다. 나는 그저 그들과 학교라는 공간을

공유하고 있는 한 마리 고양이일 뿐이다.

한국 조직에서 고양이로 살아가기란 쉽지 않다. 미국 대학에 있을 때는 나 말고도 고양이가 많았다. 별다른 교류 없이 지내지만 중요한 회의나 세미나가 있으면 한자리에 모여 친근하게 이야기를 나눴고, 그 시간이 끝나면 다시 각자의 연구실로 돌아가 나오지 않았다. 논문만 잘 써낸다면 아무런 상관이 없었다. 하지만 한국 대학은 달랐다. 고양이를 찾아보기 어려웠다. 간혹 고양이처럼 보이는 사람이 있는데, 그런 사람에게는 어김없이 좋지 않은 평판이 따라붙는다. 대부분 개와 강아지인 곳에서 고양이는 환영받지 못하는 존재다.

학교에 온 지 얼마 되지 않은 시점에 내게도 좋지 않은 평판이 생겼다. 속된 말로 '싸가지가 없다'는 것이었다. 이유는 알고 있었다. 나를 강아지로 생각하고 친절을 베풀었던 한 시니어 교수가 고양이 같은 내 태도에 화가 난 것이었다. 딱히 상관은 없었다. 설령 학교를 그만두어야 하더라도, 고양이가 강아지처럼 살 수는 없는 노릇이다.

고양이가 고양이답게 살려면 고양이로 보여야 했다.

한국 조직에서 젊은 구성원은 기본적으로 강아지로 여겨진다. 그래서 고양이처럼 행동하면 몹시 불쾌해한다. '강아지가 아니라 고양이구나' 하고 이해해주기는커녕 싸가지 없는 강아지, 인성에 문제 있는 강아지라 오해한다. 하물며 고양이처럼 생기지 않은 내가 사람들에게 고양이로 비춰질 리 만무했다. 그래서 선택한 것이 튀는 차림새였다.

나는 학교에 갈 때 옷을 이상하게 입는다. 교수회의 때 꽃무늬 바지를 입고, 강의 때 치마바지를 입기도 한다. 한 손에 반지를 네 개나 끼기도 한다. 이렇게 한다고 해서 나를 '고양이'로 인식해주지는 않을 것이다. 이상하고 정신 나간 사람이라고 수군댈지도 모른다. 하지만 그렇게 보이는 것으로도 충분하다. 더 이상 나를 길거리를 배회하는 배고픈 강아지로 보지는 않을 테니 말이다. 먹다 남은 음식을 던져준다고 내가 꼬리 흔들며 반기지는 않을 것을 알면 된다. 그래서 오늘도 나는 이상하게 차려입고 한 마리 검은 고양이처럼 캠퍼스의 어두운 골목을 어슬렁거린다.

들개

 

이 세상 고양이들은 다른 사람과의 관계 형성에 별 관심이 없다. 한국 사회에서 관계는 승진이나 성공에 중요한 역할을 하지만, 애초에 그런 것은 안중에 없기 때문이다. 나는 관계 형성에 필수인 시간적 여유도 없을뿐더러, 관계를 목적으로 하는 모임이나 회식이 불편하기도 하다. 그래서 학교에서 사람들과 별다른 관계를 맺지 않고 살고 있다. 관계 형성을 위해 노력하지는 않지만 내게 주어진 일에 최선을 다하고, 다른 사람에게 피해를 주지 않으려 애쓰며 조용히 하루하루를 살아간다.

그런데 아무리 조용하게 살아도 원치 않는 공격을

받는다. 이른바 '뒷담화' 공격이다. 사람이 모인 곳에서는 예외 없이 다른 사람에 대한 뒷담화가 이뤄진다. 직장 동료들과 가진 술자리 대화를 녹음한 뒤 다른 사람들에 대한 뒷담화 비율을 확인해보면 스스로도 깜짝 놀랄 것이다. 뒷담화가 거의 대부분을 차지할 테니 말이다.

사실 뒷담화는 인간의 본능적이고 원초적인 경향이다. 진화생물학자들에 따르면 뒷담화는 마음에 들지 않는 사람에 대해 나쁜 평판을 만들어 그 사람을 조직에서 몰아내는 기능을 한다. 조직이나 무리를 지키기 위한 본능적 행동이다 보니 사람이 모이면 어디서든 이뤄진다. 그래서 개인의 비윤리적 행동이라기보다 인간 사회에서 자연스럽게 작동하는 하나의 시스템으로 봐야 한다.

뒷담화 시스템은 모든 사회에 존재하지만, 한국은 특히 그 규모와 영향력이 크다. 미국에서는 소문을 만드는 집단이 소규모로 존재하는 경우가 많고, 이에 전혀 동조하지 않는 사람도 적지 않다. 그래서 뒷담화가 그 사람의 평판에 미치는 영향이 제한적이다. 반면 한국에서는 소문을 만들어내는 집단의 규모가 크다. 집단 구성원 대부분이 참여하는 경우도 많고(가령 중·고등학교

165

교실), 집단이 둘로 나뉘어 서로 격렬하게 싸우는 경우도 많다. 대부분 뒷담화에 참여하기 때문에 한 사람에 대한 소문은 조직 전체로 빠르게 퍼져나가고 그 사람에 대한 평판에 큰 영향을 미친다.

여기에 더해 집단 의존적 문화도 한국의 뒷담화 시스템을 강화한다. 뒷담화 내용과 상관없이 각자 자기 기준으로 사람을 판단한다면 이 시스템의 영향력은 약해지기 마련이지만, 집단 의존적인 문화에서는 스스로 판단하기보다는 집단 리더나 다수의 판단을 그대로 받아들이기 쉽다. 정당의 강령처럼 거기에 맞게 생각하고 행동한다. 그래서 리더가 누군가를 나쁘게 말하면 들개 무리처럼 그 사람을 배척한다. 한 무리 들개가 약한 강아지, 못생긴 강아지, 이상한 강아지를 무자비하게 공격하는 일은 지금도 초중고 교실, 학부모 모임, 스포츠센터, 직장, 동호회, 군대 등 곳곳에서 벌어지고 있다. 들개 떼의 공격을 받은 사람은 집단이나 조직을 떠나고, 심한 경우 스스로 생을 마감하게 된다.

들개 떼 가운데 우두머리가 있기 마련이다. 나는 이들을 진심으로 혐오한다. 누군가의 모습이나 행동이 마음에 들지 않는다면 정정당당하게 따지고 실력으로 겨뤄서 이길 일이다. 무리 지어서 공격하는 것도 비겁하고, 실력이 아니라 소문으로 싸움을 거는 것도 비겁하다. 본인들은 자신이 정의롭고 정당하다고 생각하겠지만, 소문을 통한 공격에 정의로움이나 정당함은 있을 수 없다. 자신의 비겁함과 나약함을 감추기 위해 스스로를 정당화하는 것일 뿐이다. 안타깝게도 자신이 정의롭다고 생각하는 들개가 세상에 너무나 많다.

들개 떼는 주로 고양이를 타깃으로 삼는다. 아무도 혼자 있는 고양이를 도와주지 않는다는 것을 알기 때문이다. 나 역시 그런 고양이다. 하지만 들개들의 공격을 받더라도 강아지가 되고 싶은 마음은 없다. 거센 공격을 받으면 절대 뒤로 물러서지 않고 몸을 최대한 곧게 일으켜서 용감하게 맞서 싸울 것이다. 설령 내 몸이 다치더라도 고양이로서의 삶을 포기하지 않을 것이다. 얼굴에 난 상처를 훈장으로 여기고 당당하게 내 길을 걸어갈 것이다.

# 타인의  욕망

인간의 욕망은 내게 가장 중요한 연구 대상이다.
대학에서 소비자의 다양한 특성을 살피는 '소비자
행동'이라는 과목을 강의하고 있는데, 그중에서도
'인간의 욕망'이라는 주제를 가장 중요하게 다룬다.
사람들은 물건이 가진 쓸모 때문에 그 물건을 구입한다고
생각하지만, 사실은 욕망 때문에 그러는 경우가 많다. 가령
30만 원을 주고 이어폰을 구매한 학생에게 구입 이유를
물어보면, 무선 이어폰이 필요해서라고 대답한다. 하지만
단순히 무선 이어폰이 필요하다면 굳이 30만 원이나 하는
고가의 제품을 살 필요가 없다. 이 이어폰이 가진 무언가가

욕망을 충족시켜주었기 때문에 구입했을 것이다. 하지만 욕망이라는 것은 마음속 깊은 곳에 숨어 모습을 드러내지 않는 경우가 많아서 스스로도 자신의 욕망을 잘 모른다. 마케팅이나 브랜딩을 잘하기 위해서는 이런 숨은 욕망을 이해해야 하기 때문에 수업에서 긴 시간을 할애해 욕망에 대해 설명한다.

인간의 욕망이 비단 소비에만 영향을 미치는 것은 아니다. 일상에서의 말과 생각, 행동에도 지대한 영향을 미친다. 욕망은 자기가 몸과 마음의 주인인 것처럼, 내면 깊숙한 곳에 자리 잡고 사람을 지배한다. 사람들이 그 존재를 모르거나 애써 외면할 뿐이다. 물론 모든 욕망이 나쁜 건 아니며, 사람마다 가지는 욕망의 크기도 다르다. 문제가 되는 것은 욕망이 타인과 관련되는 경우다. 욕망이 크고 강하면 타인을 욕망 실현의 도구로 삼기도 한다. 높은 지위를 얻기 위해 타인을 공격하거나 험담하고, 많은 부를 얻기 위해 타인을 속인다. 또 자신이 남보다 훌륭한 사람이라고 믿고 싶어서 다른 사람을 무시하고 깔보기도 한다.

혼자 일하는 직업을 가지고 있다면, 일상에서 이런

욕망과 마주칠 일은 별로 없을 것이다. 큰 욕망은 많은
사람이 모이고, 그들 중 일부에게 많은 권한이나 이익이
주어질 때 생겨난다. 그리고 실현 방법이 개인의 기록이나
성과보다는 사람들 관계에 좌우될 때 종종 욕망은 거대한
괴물이 되어서 사람들의 생각과 행동을 지배하려 든다.
정도의 차이는 있겠지만 재건축조합과 같이 어떤 목적을
위해 만들어진 조합이나 모임, 기업의 팀이나 부서, 정치를
위한 정당이나 시민단체 등에서는 사람들의 욕망이 처절한
전투를 벌인다. 안타깝게도 한국 대학에서도 이런 일이
벌어진다.

¶

교수라는 직업의 본분은 연구와 강의다. 자신의 모든
시간과 노력을 연구와 강의에 쏟아부어야 마땅하다.
최소한 내가 경험한 미국 대학은 그랬다. 하지만 한국은
다르다. 학교에서 높은 지위를 얻을 때 따라오는 권한이나
이익도 크고, 테뉴어*tenure*(평생 교수직에 있을 수 있는 자격)를
얻은 후에는 아무런 평가도 받지 않는다. 더 이상 좋은

연구나 강의를 하지 않아도 개인의 명성이나 보상에 아무런 문제가 없다. 명성과 보상은 연구나 강의가 아니라 지위와 관계에 좌우된다. 그렇다 보니 내가 경험한 한국 대학은 개인의 강한 욕망이 치열한 다툼을 벌이는 전쟁터다. 물론 그 누구도 욕망을 겉으로 드러내지는 않는다. 자신의 욕망을 철저히 감추고 좋은 사람, 정의로운 사람의 모습을 꾸며낸다. 그렇게 웃는 얼굴로 치열한 욕망의 전쟁을 치른다.

거대한 욕망이 치열한 전쟁을 벌이는 곳에서 살아가는 것은 쉽지 않다. 그간 미국으로 돌아갈 생각을 수도 없이 했다. 하지만 현실적으로 불가능하다. 20여 년 전에는 부모님이 버틸 수 있는 체력과 마음이 있었기에 형을 부모님께 맡기고 미국에 갈 수 있었다. 하지만 지금은 아니다. 부모님 댁에는 병원에서나 볼 수 있는 의료용 침대가 두 개 놓여 있다. 하나는 형, 하나는 아버지 것이다. 어머니도 몸과 마음이 성한 데가 없다. 집 안 곳곳에 각종 의료용품과 약이 가득하다. 딱 중증환자 3인실 병동의 모습이다.

결국 내가 할 수 있는 것은 타인의 욕망에 최대한

무관심해지는 것뿐이다. 타인의 욕망이 웃는 얼굴로 내게 다가와도, 화난 얼굴로 나를 위협해도 반응하지 않아야 한다. 영혼 없는 사람이 되어야 한다. 이렇게 나는 학교 안에서 영혼 없이 떠도는 유령이 되어간다.

## 동물농장

미국에서의 삶은 동물농장 같았다. 개, 고양이, 소, 곰, 양이 섞여서 살았다. 그래서 고양이로 지내는 데 아무런 불편이 없었다. 하지만 한국 조직은 많이 다르다. 동물농장보다는 개 사육장에 가깝다. 대부분 개와 강아지다. 다른 동물은 없다. 이런 곳에서는 각자의 사정이 고려되지 않는다.

동물은 먹는 음식의 종류와 방법, 식사 시간, 잠자는 장소와 방법 등 모든 것이 다르기 마련이다. 그래서 동물농장에서는 모든 동물이 각자의 방식대로 살아간다. 하지만 대부분이 개와 강아지인 곳에서는 개의 방식만이

옳은 것이 된다. 그들의 생각과 감정, 가치관이 절대적으로 옳고, 다른 생각이나 감정, 가치관은 그르다고 비판받는다. 각자의 사정 따위는 전혀 고려되지 않는다.

나는 이런 곳이 무섭다. 다수가 비슷한 생각과 가치관을 가지면, 다수가 옳다고 믿는 것이 절대적 진실이 되어버리기 때문이다. 하지만 세상에 절대적 진실은 있을 수 없다. 한때 진실이라고 믿었던 것이 시간이 지나면 거짓이 되는 일은 수없이 많다. 다수와 다른 생각이나 믿음을 가진 소수가 목숨을 잃는 일도 인간 역사에서 끊임없이 반복되고 있다.

개 사육장에서 살아야 하지만 절대 개나 강아지가 되고 싶지는 않았던 나는 이상한 동물이 되기로 했다. 너무 이상해서 다른 개와 강아지가 거들떠볼 생각도 하지 않게 만든 것이다. 이것이 지금의 내 모습이다. 동물농장에서 행복하게 살던 동물 하나가 개 사육장에 들어와 이상한 울음소리를 내고 이상한 행동을 하자 개와 강아지들이 자리를 피했다. 덕분에 내게는 두 발 뻗고 지낼 만한 공간이 생겼다. 비좁은 사육장 안에 나만의 작은 세상이 만들어진 것이다. 그 안에서 나는 무한의 시간을 꿈꾼다.

# 좋은 사람

'좋은 사람'은 심성이 선한 사람, 양심적인 사람을 뜻한다. 그런데 직장이나 조직에서 '좋은 사람'이라고 평가받는 사람 중에는 비윤리적이거나 비도덕적인 사람이 적지 않다. 도대체 왜 이런 사람들에게 좋은 사람이라는 평판이 생기는 것일까? 나는 한동안 이 점이 궁금했다.

그러다 한국어 특성을 깨닫고서야 그 이유를 이해할 수 있었다. 한국어는 주어를 생략하는 경우가 많다. 미국에 돌아온 후 한글로 논문을 쓸 때 이 점 때문에 몹시 힘들었다. 영어로 쓸 때는 반드시 행위 주체를 명확하게 밝혀야 했지만(가령 '우리는 다음과 같은 결과를 확인했다'),

한국어로 쓸 때는 오히려 주체를 철저하게 감춰야
했다('다음과 같은 결과가 나왔다'). 이와 마찬가지로 '좋은
사람'이라는 표현에는 주체, 즉 평가하는 행위 주체가
생략되어 있다. 그러니까 그 주체는 '나'로, 나에게 좋은
사람이 '좋은 사람'인 것이다.

(자신에게) 좋은 사람이 반드시 윤리적이고 양심적인
사람일 필요는 없다. 자신에게 잘하고, 자신의 부탁을 잘
들어주는 사람이 (자신에게는) 좋은 사람이다. 특히 한국과
같은 관계지상주의 사회에서는 오히려 비윤리적이고
비양심적인 사람이 (자신에게) 좋은 사람이 되기 쉽다. (나를
대신해) 비윤리적 행동을 해줄 수도 있고 무리한 부탁도
쉽게 들어줄 수 있기 때문이다. 그래서 객관적 잣대로
보면 비윤리적이고 비양심적인 사람이 '좋은 사람'이라는
평가를 받는 일이 생긴다. 다른 사람에게 말할 때도
주체를 생략하다 보니 '자신에게 좋은 사람'을 그냥 '좋은
사람'이라고만 표현한다. 하지만 상대방은 말 그대로 '좋은
사람', 즉 선하고 양심적인 사람이라고 알아듣게 되어,
선하지 않은 사람이 선한 사람으로 둔갑하는 아이러니가
발생하는 것이다.

나는 '좋은 사람'과 '선한 사람'을 철저하게 구분하려고 노력한다. 각자의 욕망이 치열한 다툼을 벌이는 곳에서는 '좋은 사람'이란 평을 듣지만 선하지 않은 사람이 많기 때문이다. 조직에서 살아남기 위해 어쩔 수 없이 비윤리적인 행동을 하는 것이라고 이들을 두둔하는 사람도 있겠지만, 그런 이유로 무고한 사람을 해친다면 이 또한 용납할 수 있는지 묻고 싶다.

좋은 사람과 달리 '선한 사람'은 자신의 손익에 관계없이 양심에 따라 행동한다. 그러다 보니 사람들과의 관계 형성에 어려움을 겪고, 좋지 않은 평판이 생기기도 한다. 하지만 이런 사람들 덕분에 세상은 조금씩 더 나은 방향으로 나아가고 있다고 믿는다. 이들은 '누군가에게' 좋은 사람은 아닐지 몰라도 '세상에' 좋은 사람이다. 그래서 나는 선하고 양심적인 사람들을 좋아한다. 설령 이들이 내게 친절하지 않아도(내게 좋은 사람이 아닐지라도), 이들을 존경하고 응원한다.

## 떠날 마음

앞선 글들 때문에 내가 학교에서 큰 어려움을 겪는
것으로 생각할지도 모르겠다. 한때 그랬지만 지금은
아니다. 이런 일이 사라졌다기보다는 내가 완전히
무심해졌다. 학교에서 함께 식사하거나 이야기를 나누는
사람이 없기 때문에 사실 무슨 일이 벌어지는지조차
모른다. 그래서 늘 편안한 마음으로 학교에 가서 강의를
하고 돌아온다.

학교에서 떠도는 소문이나 사정에 무심한 건 그런 데
관심을 가질 만한 시간적 정신적 여유도 없거니와, 언제든
떠날 수 있는 마음이기 때문이다. 내 연구실 책장에는

책이 없다. 책장 대부분이 텅 비어 있다. 인터뷰를 하러 내 연구실을 방문한 기자들이 최근에 연구실을 옮겼는지 물을 정도다. 이 연구실은 사실 10년째 쓰고 있다. 하지만 책장에 책을 꽂아두지 않는다. 이렇게 하면 언제든 떠날 준비가 됐다고 느껴진다.

직장이나 조직에서 사람의 마음이 약해지는 건 그곳이 자신에게 중요하게 느껴지고 계속 그곳에 있고 싶기 때문이다. 그래서 사소한 말에 상처받고, 사소한 불이익에 화를 내고, 사소한 이익에 집착하게 된다. 계속 있을 곳이기 때문에 힘 있는 사람에게 호감을 얻으려 노력하고, 자신의 윤리적 가치에 어긋나는 부탁도 들어주게 된다. 하지만 곧 떠날 곳에서는 이런 마음이 들지 않는다. 사소한 말에 상처받거나 사소한 이익에 집착하지 않게 된다. 호감을 사거나 관계를 유지하기 위해 스스로 옳지 않다고 생각하는 일을 할 필요도 없다.

언제든 떠날 수 있다는 마음가짐은 사람을 강하게 만든다. 신념을 지키며 살아가게 한다. 자신의 미래나 관계를 위해 불필요한 시간과 노력을 쏟지 않고, 자신만을 위해 노력하게 된다.

현재의 직장이 남들이 부러워하는 곳이더라도 집착할 필요는 없다. 다른 사람들에게 좋다고 해서 내게도 그런 건 아니다. 세상에는 자신에게 더 잘 맞고, 더 좋은 곳이 얼마든지 있다. 지금 있는 곳에 적응하려는 관성 때문에 그 사실을 모르고 살아갈 뿐이다.

그렇다고 내가 학교에 애정을 가지지 않는 것은 아니다. 나는 학교에 있는 모든 학생을 진심으로 아끼고 사랑한다. 그들이 가진 가능성을 믿고 응원한다. 그들에게 조금이라도 도움이 되고자 노력한다. 하지만 애정과 집착은 다르다. 학생들을 더없이 사랑하지만, 학교는 언제든 떠날 준비가 되어 있다.

쓸모

 

박사과정 때 지도교수는 "교수를 지켜주는 것은
논문이다"라는 말을 자주 했다. 당시 지도교수는 다른
교수들과 사이가 좋지 않았다. 결국 내가 학교를 졸업하고
얼마 뒤 다른 학교로 옮겼다. 전과 같은 수준의 좋은
학교였다. 그곳에서 자신과 잘 맞는 동료들을 만났고,
만족스러운 삶을 살게 됐다. 논문이 그를 지켜준 것이다.

그때는 몰랐지만 지금은 지도교수가 왜 그 말을 자주
했는지 이해한다. 직장이나 조직에서 어려움을 겪을 때
자신을 지킬 무언가가 있기 마련인데, 학자에게는 그것이
논문이다. 그래서 지도교수는 자신이 좋은 논문을 써내면

어디든 갈 수 있다고 믿었고, 스스로에게 주문을 외듯 이 말을 반복했던 것 같다. 나도 미국에서 교수가 되었을 때 스스로에게 같은 주문을 걸었다. 학교에서 무슨 일이 생겨도 좋은 논문만 써내면 그것이 나를 지켜줄 것이라고 믿었다.

그런데 한국에서는 이 주문이 통하지 않았다. 한국에서 논문은 승진에 보탬이 되는 점수일 뿐, 교수를 지켜주는 힘은 아니다. 한국에서 가장 중요한 것은 관계다. 아무리 좋은 논문을 써내도 관계 때문에 학교를 떠나는 일이 생기고, 아무리 형편없는 논문을 써내도 관계 덕분에 승진하고 테뉴어를 받는다. 학교뿐 아니라 대부분의 직장이 비슷할 것이다. 그래서 많은 사람이 관계를 자신의 동아줄로 여기고 상급자의 호감을 얻기 위해 노력한다.

하지만 관계를 동아줄로 여기는 순간 개인의 성장은 멈추고 만다. 누군가의 호감을 얻으려면 많은 시간과 노력을 기울여야 한다. 다른 사람의 생각과 감정을 살피려 많은 에너지를 쏟고, 상대를 띄우는 말도 하고 유쾌한 표정도 지어야 한다. 자신의 윤리관이나 신념과 타협해야

할 수도 있다. 이런 과정에서 개인이 성장하고 발전할
기회는 사라진다. 내 입장에서 보면 그 사람의 시간, 즉
가능성의 시간은 완전히 끝나버리는 것이다.

다행히도 시대가 변해 관계만이 힘이 되던 과거와
다르다. 쓸모가 있으면 그것을 원하는 사람을 만날 수 있는
세상이 되어가고 있다. 좋은 직장들이 새롭게 생겨났고,
사람의 쓸모를 가장 중요하게 여기는 경영자도 많아졌다.
그러니 모든 사람이 관계를 동아줄로 생각하더라도 거기에
연연할 필요는 없다. 그 시간에 자신의 쓸모를 키우는
것이 더 현명하다. 지도교수가 내게 했던 말을 조금 바꾸어
학생들에게 이렇게 말해주고 싶다. "자신을 지켜주는 것은
쓸모다. 쓸모 있는 인간이 되어라."

# 소중한    만남

학교에서 나는 캠퍼스를 배회하는 검은 고양이처럼
지낸다. 다른 교수와 학교 안에서 식사하는 일도 없고
커피를 마시며 이야기를 나누는 일도 없다. 그렇다고 그
누구하고도 교류가 없는 건 아니다. 아주 가끔이지만
학교 밖에서 만나 이야기를 나누는 사람들이 있다. 내가
만나는 사람들은 크게 두 부류인 듯하다. 하나는 선한
사람이다. 앞서 말한 것처럼 나는 '좋은 사람'보다 선하고
양심적인 사람을 좋아한다. 이들이 내게 다가오지 않아도,
선하고 양심적인 사람이라 생각되는 사람에게는 내가 먼저
다가가고 그들과 이야기할 자리를 마련한다. 형의 사고

이후 사람들과의 모임이 불편하게 느껴졌고, 이런 자리를 모두 피하며 살아왔지만 마음이 선한 사람들과는 오랜 시간 즐겁게 이야기를 나눠도 죄책감이 느껴지지 않는다. 오히려 이런 사람들이 있다는 사실만으로 큰 위안이 된다. 현실적으로 이들과 만나는 시간을 마련하는 것이 쉽지는 않다. 고작 한 학기에 한두 번뿐이다. 그래서 더욱 소중하다.

또 하나의 부류는 내게 배움을 주는 사람이다. 자신의 연구 주제나 좋아하는 것을 평생 진지하게 공부해온 사람들은 내가 알지 못하는 지식과 지혜가 가득하다. 그런 사람들을 만나면 나의 부족함이 저절로 느껴진다. 세상에는 내가 모르거나 제대로 이해하지 못하는 것이 많다는 것을 깨닫게 된다. 그래서 이런 사람들이 스승처럼 느껴지고 마음 깊이 존경하게 된다. 학교에도 내가 진심으로 존경하는 교수가 몇 있다. 역시나 한 학기에 한두 번 이야기를 나눌 뿐이지만 내게 무척 소중한 사람들이다.

그런데 이런 사람들은 학교보다 학교 밖에 더 많이 존재하는 듯하다. 학교 안에는 배움이나 성장이 멈춘 사람이 생각보다 많다. 오래되어서 더 이상 맞지 않는

지식만 가지고 있거나 다른 사람의 지식을 자기 것처럼 이야기하는 사람도 많다. 이들은 사회에서 전문가로 여겨지지만, 남들에게 나눠줄 지식이나 지혜가 거의 없다.

오히려 한 분야에서 오랜 시간 자신과 싸워온 사람들에게 배울 게 많다. 이들은 교수 같은 거창한 타이틀도 가지고 있지 않다. 어려운 용어나 이론도 알지 못한다. 하지만 실패와 도전, 다양한 경험을 바탕으로 쌓은 지혜가 가득하다. 이들 모두 내게 진정한 스승들이다.

선한 사람, 배움을 주는 사람과 만나는 것을 좋아하지만 이들과 만나 식사를 하거나 이야기를 나눌 시간이 내게는 턱없이 부족하다. 병원과 부모님 댁을 끊임없이 오가게 되는 요즘은 더더욱 그렇다. 9월 개강한 이후 한 달 동안 다른 사람과 식사를 한 것이 딱 한 번이었을 정도로 여유가 없다. 하지만 앞으로 시간적 여유가 생긴다면 내가 좋아하고 존경하는 사람들과 자주 만나고 싶다. 선한 사람들과 자주 만나 위안받고, 배울 게 많은 사람과 자주 만나 지혜를 얻고 싶다. 그런 날이 오기를 간절히 바란다.

## 6장

# 하루를 마치는 마음

우리에게 주어진 지금 이 순간은
누군가는 가지고 싶어도 가질 수 없는 시간이다.
우리가 아니라 다른 사람에게 주어졌다면
그 사람의 가능성을 위해 훨씬 더 소중하게 사용되었을 시간이다.
우리가 무심코 흘려보내는 시간들이
누군가에게는 희망이 되고 기쁨이 되고 행복이 된다.

# 우리의    마지막    시간

　박사과정 시절, 학교에 벨기에 출신 교수가 있었다.
짙은 곱슬머리에 키도 덩치도 컸는데, 복도에서 박사과정
학생들이 인사하면 눈길도 주지 않고 지나가버렸고,
늘 화난 듯한 표정이었다. 그래서 학생들은 이 교수를
무서워했다. 하지만 자신이 관심 있는 주제에 대해서는
어린아이처럼 해맑은 표정을 짓는 사람이기도 했다.
한번은 모든 교수와 학생이 모이는 세미나 자리에서 내가
연구 발표를 했는데, 그 내용에 흥미를 느꼈는지 내게
와서 한참을 내 연구에 대해 이야기했다. 그 후로도 종종
내게 다가와 내 연구 이야기를 했다. 내가 USC 교수로

채용됐다는 소식을 들은 뒤에는 캘리포니아에 살면서
할 만한 취미 생활(가령 서핑이나 세일링, 자동차 트랙 레이싱
같은 것)을 신이 나서 소개해주었다. 평소에는 무서운
인상이지만 종종 소년 같은 모습을 보이는 사람이었다.

몇 년 후 그가 암으로 세상을 떠났다는 소식을 들었다.
그의 나이 48세였다. 그 소식을 들으니, 그의 행동이 하나둘
이해가 되기 시작했다. 그는 자신의 시간이 곧 멈춘다는
것을 알고 있었던 것이다. 자신에게 남은 시간이 얼마
남지 않게 되면 자연스럽게 남은 시간을 어떻게 쓸지
생각하게 되고, 사회적 관계에 시간을 낭비하기보다는
자신이 좋아하는 사람과 친밀한 시간을 보내고 싶게 된다.
먼 성공에 도움이 되는 지식이나 기술을 쌓기보다는
지금 궁금한 것들에 관심을 주게 된다. 자신에게 주어진
마지막 시간을 자신이 가장 좋아하는 대상에 쓰고
싶어지는 것이다. 그래서 그는 스쳐 지나가는 박사과정
학생들이나 자신과 마음이 맞지 않는 교수들과는 거리를
두었던 것이리라. 또한 학교 정치나 행정으로 시간을
허비하기보다는 자신이 좋아하는 취미에 시간을 썼던
것이다. 이런 것들이 이해되면서 그와 이야기를 나누었던

순간들이 생생하게 떠올랐다. 내가 그의 삶에서 가장
소중한 시간에 잠시나마 얼굴을 마주하고 이야기를 나눌
수 있었던 것에 감사함이 느껴졌다.

¶

요즘 내 모습이 그와 많이 닮았음을 깨닫는다.
언젠가부터 나도 내 시간을 누구와 보낼지, 무엇을 하며
보낼지를 중요하게 생각했다. 어쩌면 오늘이 내게 주어진
마지막 시간일지도 모르는데 사회적 관계를 유지하기 위해
불편한 사람이나 윤리적이지 않은 사람을 만나느라 시간을
허비하고 싶지 않았다. 내 소중한 시간을 내가 하고 싶지
않은 강의나 연구에 낭비하고 싶지도 않았다. 그래서 내가
만나고 싶은 사람만 만나고, 내가 하고 싶은 강의만 하고,
내가 하고 싶은 연구만 하기 시작했다.

그런 시간 속에서 깊은 만족감과 행복감을 느끼고 있다.
내일 당장 내 시간이 멈추더라도 후회나 미련이 남지 않을
하루하루를 보내고 있다.

어쩌면 우리 모두 지금 삶의 마지막 시간을 보내고

있는지도 모른다. 매일같이 많은 사건과 사고가 발생한다. 많은 사람이 다치고 목숨을 잃는다. 오랜 시간 몸에 축적된 오염물질과 스트레스가 어느 순간 큰 병으로 모습을 드러내기도 한다. 우리가 매일같이 먹었던 음식에 포함됐던 성분이 어느 날 갑자기 우리 몸을 공격할 수도 있다. 전에 없던 커다란 자연재해가 우리 앞에 기다리고 있을지도 모른다. 이런 일이 본인에게 생기지 않더라도, 소중한 사람에게 생기면서 우리의 시간도 함께 멈춰버릴 수 있다. 미래는 아무것도 알 수 없고, 어떤 일이 생겨도 놀랍지 않다. 이것이 우리가 사는 세상이다.

함께 생각해보고 싶다. 지금 우리가 삶의 마지막 순간들을 보내는 것이라면 무엇을 해야 좋을까? 지금 내가 하고 있는 것이 내 마지막 순간에 하고 싶은 것일까? 내가 만나는 사람이 내 마지막 순간에 만나고 싶은 사람일까? 내가 지금 짓고 있는 표정, 내가 내뱉는 말이 내 삶의 마지막 표정과 말이 되어도 좋을까? 나는 지금 내 삶의 마지막 순간을 내가 원하는 모습으로 그려가고 있을까?

# 각자의 시계

사람들을 보고 있으면 그들이 가진 시계가 느껴진다.

사람이 가진 시계는 저마다 다른 속도로 움직인다.

탐험하고 배우고 성장하는 사람의 시곗바늘은 힘차게

한 칸씩 나아간다. 째깍째깍 움직이는 소리를 들으면

나도 기운이 나고 이들을 응원하게 된다. 반면 어떤

사람의 시곗바늘은 파르르 떨리며 힘겹게 움직인다. 언제

멈추더라도 놀랍지 않을, 작고 희미한 소리를 들으면

그에게 주어진 시간이 다 되어간다는 사실을 실감한다.

이런 사람 중에는 자신의 시계를 담담히 받아들이는

사람도 있지만, 값비싼 장식을 덧대 멋진 고가의 시계처럼

보이려고 노력하는 사람들도 있다.

시계를 빼앗긴 사람들도 있다. 이들은 많은 시간이 주어졌음에도 이를 온전히 자기 시간으로 쓰지 못한다. 다른 사람의 시계를 움직이게 하는 데 평생을 보낸다. 누군가 태엽을 감아주지 않으면 멈추는 시계를 가진 사람들도 있다. 이들은 스스로 시계를 움직이지 못한다. 누군가의 힘을 빌려야만 시간이 흐른다.


이처럼 저마다 다른 시계를 가지고 있고, 째깍째깍, 딸깍딸깍, 틱틱틱 등 시계 소리도 다양하다. 내가 그런 것처럼 다른 사람들도 내 시계 소리를 들을 것이다. 내 시계는 가다 서다를 반복한다. 힘차게 한 칸씩 앞으로 나아가는 듯하다가도 어느 순간 무언가에 걸린 듯 턱 멈춰버린다. 그 구간을 빠져나가려고 안간힘을 써보지만 시곗바늘은 다음 칸으로 나아가지 못하고 몸부림만 친다. 그러다 늦춰진 시간을 만회하듯 갑자기 빠르게 움직이기 시작한다.

이런 일이 끊임없이 반복되고 있다. 언젠가 내 시계도 결국 수명을 다하게 될 것이다. '째깍째깍' 소리가 '특특'

하는 희미하고 약한 소리로 바뀌고, 결국은 어느 지점에 그대로 멈출 것이다.

그런 순간이 오더라도 내 시계를 감추거나 화려하게 꾸미지는 않을 것이다. 내 시계가 멈춰가는 모습을 그대로 받아들일 것이다. 내 시간이 멈춰가는 모습을 차분하게 지켜볼 것이다. 결국 시계는 멈추기 마련이니까.

# 살아남은   자의   자세

　내 노트북 바탕화면에는 '비극적 사건'이라고 이름
붙인 폴더가 하나 있다. 안타까운 사건에 대한 뉴스
기사를 모아두는 폴더다. 오랜만에 이 폴더를 열어보니
장애를 가진 열 살 아이의 아버지가 딸을 죽인 후 자살한
사건, 일곱 살 초등학생이 하굣길에 아파트 단지 안에서
쓰레기수거 차량에 치여 숨진 사고 등이 눈에 들어온다.
가슴이 먹먹해진다.

　세상에는 안타까운 사건과 사고가 가득하다. 나는
그중에서도 특히 어린아이들과 관련된 불행에 큰 슬픔을
느낀다. 아이 앞에 놓인 무한한 가능성이 한순간에

사라졌기 때문이다. 이 아이들은 무엇이든 될 수 있었을 것이다. 세상을 놀라게 할 발견을 할 수도 있고, 많은 사람에게 감동을 주는 연주자가 될 수도 있었을 것이다. 자녀에게 큰 힘을 주는 멋진 부모가 되었을 수도 있고, 세상에서 소외된 사람들에게 큰 도움이 되는 따뜻한 사람이 되었을 수도 있다. 세상에 빛이 될 수 있었던 아이들이다. 그래서 아이들과 관련된 사건과 사고를 접하면 밤하늘을 아름답게 비추던 별 하나가 사라진 듯한 먹먹함과 슬픔이 밀려온다.

¶

우리에게 주어진 지금 이 순간은 누군가는 가지고 싶어도 가질 수 없는 시간이다. 우리가 아니라 다른 사람에게 주어졌다면 그 사람의 가능성을 위해 훨씬 더 소중하게 사용되었을 시간이다. 우리가 무심코 흘려보내는 시간들이 누군가에게는 희망이 되고 기쁨이 되고 행복이 된다.

우리는 자신에게 주어진 시간을 충분히 소중하게 대하고

있는가?

우리는 자신에게 주어진 시간을 자신의 가능성을 위해
잘 사용하고 있는가?

우리는 자신에게 주어진 시간에 충분히 책임지고
있는가?

이런 질문들을 끊임없이 던져본다.


아무리 많은 시간이 주어져도 자신의 가능성을 믿기
어려운 세상이다. 의지와 노력만으로는 성공하거나 부자가
되기 어려운 세상이 되어버렸다. 하지만 여전히 변하지
않는 것이 있다. 바로 성장에 대한 가능성이다. 세상이
변해도 우리는 오늘 어제보다는 조금 더 나은 사람이
될 수 있다. 어제보다 인격적으로 조금이라도 성숙할 수
있고, 어제보다 조금이라도 더 많은 배움을 얻을 수 있다.
기술을 가진 사람이라면 아주 조금일지라도 자신의 기술을
어제보다 더 발전시킬 수 있다. 그리고 이 모든 것은
시간이 박탈된 사람들은 더 이상 꿈꿀 수 없는 가능성이다.
아무리 간절히 바라도 이뤄낼 수 없는 가능성이다. 그래서
시간이 주어진 사람들은 반드시 믿어야 할 가능성이다.

시간이 주어진 사람들은 반드시 자신의 가능성을 믿고 살아가야 한다. 어제보다 오늘 더 나은 사람이 될 수 있다는 가능성을 믿어야 한다. 설령 자신에게 주어진 시간이 오늘 하루뿐일지라도 자신의 가능성을 믿어야 한다. 이것이 시간이 주어진 사람들에게 주어진 의미와 책임이다. 그렇게 믿으며 내게 주어진 모든 시간을 살아가고 싶다.

# 고양이 가족

나는 고양이처럼 세상을 살아간다. 그런데 어느 날 와이프와 아이를 바라보다 이들도 나와 같다는 것을 깨닫게 되었다. 와이프도 대학에서 일한다. 내가 와이프를 만난 것은 대학 시절이다. 그 당시 우리는 별다른 데이트를 하지 않았다. 매일 학교 도서관에서 함께 공부하고, 학교 운동장을 걷거나 뛰었다. 집에서 싸온 도시락을 함께 먹으며 대화했다. 서로 의지하며 미래를 준비하는 것이 우리의 데이트였다. 그 후 형에게 불행이 찾아왔고, 나는 내 가능성의 시간에 매달린 채 하루하루를 살았다. 그래서 와이프에게는 나와의 달콤한 추억 같은 게 전혀 없다. 그저 내 고된 삶을 옆에서 지켜보며 살아온 것이 와이프의 지난 24년이다. 그리고 와이프도 언젠가부터 나처럼 사람들을 만나지 않기 시작했다. 다른 교수들을 만나거나 연락하는 일 없이 많은 시간을 혼자 보내고 있다.

내 아이는 열두 살이다. 한창 철부지 나이인데, 또래에 비해 일찍 철이 들었다. 밤늦게 갑자기 병원이나 부모님 댁에 가는 내 모습을 자주 봐서 그런 것 같다. 어린 시절에는 이런 내 모습을 잘 받아들이지 못하기도 했지만 지금은 다 이해한다. 한없이 착한 아이다. 그리고 나와 와이프처럼 친구들과 별다른 교류 없이 지낸다. 또래 여자아이들과 다르게 SNS도 하지 않고 친구들과 통화를 하는 일도 없다. 아이돌이나 연예인도 전혀 모른다. 학원도 다니지 않고 늘 집에만 있다.

이렇게 우리는 고양이 가족으로 살고 있다. 세 사람 모두 직장과 학교에서 다른 사람들과 교류하지 않는다. 하지만 우리는 집에서 늘 거실에 모여 앉는다. 각자의 방에 들어가는 일은 없다. 각자 다른 일을 하더라도 함께 모여 있다. 그리고 늦은 시간까지 이야기한다. 사회 문제에 대해 토론하기도 하고, 서로의 성격을 신랄하게 비평하기도 한다. 아이와 나는 서로를 웃기기 위한 경쟁을 벌인다.
잠자리에 들기 전까지 말소리와 웃음소리가 그치지
않는다.

　세상과 동떨어져 살아가는 고양이 가족이지만, 우리는
서로 의지하고, 응원하고, 힘이 돼주고 있다. 남들
눈에는 어떻게 비칠지 모르지만, 우리는 세상에서 가장
사랑스러운 고양이 가족이다.

## 어머니

언제라도 멈춰버릴 것만 같던 내 시간이 계속 흘러갈 수 있었던 건 어머니의 희생 덕분이다. 지난 24년 동안 어머니의 삶은 상상하기 어려울 정도로 힘들고 고통스러웠을 것이다. 어머니의 마음이 무너졌다면 내 시간도 그대로 멈췄을 테다. 몸은 성한 곳 없고 마음은 상처투성이지만, 자식에 대한 사랑으로 이 긴 세월을 버텨내고 계신다.

감히 어머니의 고통과 외로움을 내가 다 알고 있다는 말씀을 드리고 싶다. 어머니 덕분에 오늘 내가 이렇게 글을 쓸 수 있다고, 내 인생이 충분히 만족스럽고 행복하다고 말씀드리고 싶다.

어머니의 희생을 생각하면 역시 나는 멈출 수가 없다. 아무리 피곤하고 힘들어도 내게 주어진 모든 시간에 최선을 다하겠다고 다짐하게 된다. 어쩌면 어머니도 이런 내 모습을 보며 하루하루 버티시는지도 모른다. 내가 무너지면 어머니도 무너질 것이다. 우리는 삼각형처럼 서로를 기대고 서 있다. 한 명이 무너지면 다른 한 명도 무너진다. 하지만 무너지기 직전까지는 세상에서 가장 안정적인 삼각형이다.

# 선물

　지난 토요일 오전, 어머니에게 전화가 왔다. 다급한
목소리였다. 형을 데리고 투석 병원에 왔는데, 혈관이 막혀
투석이 안 되는 위급 상황이었다. 토요일이어서 대학병원
응급실로 가더라도 바로 수술하지 못할 수 있었다.
어머니의 목소리에서 상황의 심각성이 느껴졌다. 다행히
바로 수술해줄 의사를 수소문했고, 그 병원 응급실로 가게
됐다.

　응급실로 향하는 길에 이틀 전 형이 준 선물이
생각났다. 얼마 전 내 생일이었는데 형이 선물로 건담
프라모델을 준 것이다. 청소년 시절 형과 나는 건담을

무척 좋아했다. 고등학생이었던 형이 건담 프라모델 키트와《뉴타입》이라는 일본 애니메이션 잡지를 구해왔고, 중학생이었던 나는 조수처럼 형이 프라모델을 조립하고 도색하는 과정을 옆에서 도와주곤 했다. 일본어는 전혀 몰랐지만 잡지에 실린 멋진 사진들을 들여다보며 전문가가 만든 프라모델 작품에 감탄했다. 이런 추억에 잠기다가 불현듯 불안감이 밀려왔다. 앞으로 있을 일의 복선이 아닌가 하는 불안감이었다.

¶

  24년 전 형에게 사고가 났던 날, 형이 분당의 한 병원에서 대형병원으로 이송되는 동안 나는 형이 운전하던 차를 수습했다. 차 트렁크를 열었는데 형이 내게 주려고 사놓은 생일 선물이 있었다. 심즈라는 PC게임이었다. 형이 내게 준 첫 생일 선물이었다. 선물을 집어 드는 순간 눈물이 하염없이 쏟아졌다. 형이 주는 첫 번째 선물이 마지막 선물이 될지도 모른다는 생각에 한동안 아무것도 할 수 없었다. 어떤 의미에서는 마지막 선물이기도 했다.

그 선물 이후 형과 나의 삶은 완전히 달려졌으니까.

그리고 지금, 24년 전처럼 평소 내 생일을 챙기지 않던 형이 갑자기 선물을 주었고, 응급실에서 수술을 받고 있었다. 그때처럼 이것이 마지막 선물일지 모른다는 생각에 몹시 불안해졌다. 더 잘해주지 못한 미안함, 더 많은 시간을 함께 보내지 못한 죄책감이 밀려왔다. 이틀 전 선물을 보고 마냥 즐거워했던 내 자신이 한심하게 느껴졌다.

다행히 형은 수술을 잘 마치고 3일간 입원한 후 집으로 돌아왔다. 형의 선물이 앞으로 벌어질 일의 복선은 아니었던 것이다. 하지만 이 일로 선물을 대하는 평소 내 마음이 이해되었다. 나는 선물받는 것을 불편해한다. 주는 사람의 마음이나 취향이 담긴 선물일수록 더욱 그렇다. 지금까지는 내가 선물 자체를 불필요한 낭비라고 여겨 선물을 불편해한다고 생각했다. 하지만 이번에 확실하게 깨달았다. 내가 선물을 불편하게 느끼는 건 그것이 그 사람의 마지막 인사가 될지도 모른다는 두려움 때문이었다.

나는 내가 사랑하는 사람들을 추억하고 싶지 않다.

머릿속이 아닌 현실에서 그들과 만나 즐겁고 행복한 시간을 보내고 싶다. 그 누구도 내게 작별 인사를 하지 않았으면 좋겠다. 내가 사랑하는 사람들이 내게 자신의 마지막 흔적을 건네주지 않았으면 좋겠다.

## 대학병원 사람들

오랜 시간 나는 대학병원을 싫어했다. 대학병원 특유의
알코올 냄새가 24년 전의 일을 떠올리게 했기 때문이다.
그때 형은 의식을 잃고 응급실 복도 이동식 침대에
있었고 나는 의사가 오기만을 하염없이 기다렸다. 검사가
시작된 후 나는 병원 밖 벤치에 앉아 울었다. 옆에서
여자친구(지금의 와이프)가 위로해주고 있었다. 나는
그녀에게 지금 말고 내가 버티기 힘든 순간이 오면 그때
위로해달라고 말했다. 말은 그렇게 하면서도 많은 사람이
오가는 길가에서 서럽게 울었다. 그때 내 앞을 지나가던
구급대원과 눈이 마주쳤다. 그 시선에는 익숙함과 연민이

동시에 담겨 있었다. 그는 나 같은 사람을 보는 것이
익숙하면서 동시에 안타까웠던 것이리라.

대학병원 냄새를 맡으면 그 순간들이 생생하게
떠오른다. 영화를 보듯 모든 장면이 선명하게 눈앞에
펼쳐지는 것이다. 그러면 머리가 쭈뼛 서고 몸에 전기가
흐르는 것만 같다. 심장 박동이 빨라지고 온몸이 긴장된다.
하지만 언젠가부터 이런 증상이 일지 않게 되었다. 그 안에
있는 사람들의 삶을 이해하게 되면서다.

나로서는 현기증이 나서 도무지 시도조차 할 수
없는 일들을 그들은 척척 해낸다. 매일같이 힘들고
짜증나는 일투성이겠지만 맡은 일을 최선을 다해 해낸다.
그러면서도 웃음과 친절을 잃지 않는다. 이들이 가진
직업의식은 나를 한없이 부끄럽게 만든다. 그래서 나는
대학병원 의사와 간호사를 진심으로 존경하게 되었고,
그때부터 병원 냄새에 대한 거부감도 사라졌다.

물론 모든 의사와 간호사가 친절한 것은 아니다. 환자나
그 가족들이 모이는 인터넷 카페에 들어가보면 의사와
간호사의 불친절과 무성의를 불평하는 글이 넘쳐난다.
하지만 이들도 우리와 똑같은 사람이다. 그날그날 상황에

따라 감정에 기복이 생길 것이다. 이들이 하는 일의
고단함과 어려움을 생각하면, 늘 친절한 모습을 유지하길
바라는 것이 오히려 이상한 게 아닌가 싶다. 게다가 환자나
그 가족이 지시나 규정을 지키지 않으면 화가 날 수밖에
없다. 환자 가족은 서운할 수도 있겠지만 반대로 그 입장에
선다면 과연 우리는 모두에게 친절할 수 있을까? 솔직히
나는 자신이 없다.

　대학병원 의사와 간호사의 모습은 내 삶에 대해 그
어떤 것도 불평하지 못하게 한다. 나태해진 내 마음을
다잡게 하고 내게 주어진 모든 시간을 소중히 여기게
한다. 이들에게 고개를 숙이며 진심으로 감사와 존경심을
표한다.

# 환자의 가족들

가끔 병에 대한 정보를 얻기 위해 환자 가족들이 모여
있는 인터넷 카페 글을 읽는다. 그러다 가족 간병을 위해
직장을 그만두어야 할지 고민하는 내용의 글을 종종 보게
된다. 사실 직장생활을 하면서 간병하기란 쉬운 일이
아니다. 어머니도 형을 간병하기 위해 일을 그만두셨고,
나도 휴직을 고민한 적이 있다. 하지만 무작정 휴직이나
퇴직을 하는 것이 답은 아닐 수 있다. 가족에게 최선을
다하고 늘 밝은 모습을 보이기 위해서는, 자신도 힘을 얻을
곳이 있어야 하기 때문이다.

내게는 그곳이 바로 강의실이다. 나는 강의실에서

학생들을 만날 때 힘을 얻는다. 그리고 그 힘으로 가족에게 최선을 다하게 된다. 만약 당신도 일하는 것에서 힘을 얻고 있다면 어떻게 해서든 그 일을 멈추지 말라고 말해주고 싶다. 간병과 일을 동시에 하는 것이 현실적으로 불가능한 상황이라면 어쩔 수 없지만, 가족에 대한 미안함과 죄책감 때문에 좋아하는 일을 스스로 그만두는 것이라면 당신은 금방 지치게 될 것이다. 마음과 다르게 가족에게 짜증을 내거나 화를 낼 수도 있다. 한 번 더 강조하지만, 가족에게 최선의 모습을 보이고 싶다면 자신이 힘을 얻을 수 있는 무엇인가를 남겨두어야 한다.

# 스위스 여행

내 삶의 마지막 여행지는 스위스다. 아직 한 번도 가보지
못했지만 분명 아름답고 평화로울 것이다. 끝없이 펼쳐진
맑은 하늘, 차갑지만 상쾌한 공기, 습기를 머금은 나무
냄새로 가득한 숲이 있는 곳일 것이다. 스위스는 내가
가장 가보고 싶은 곳이다. 하지만 죽기 전까지는 가지 않을
것이다. 내 마지막 순간을 위해 남겨둘 것이다.

나는 큰 병에 걸려 가족들에게 짐이 되는 게 가장
두렵다. 중증환자의 가족으로 사는 사람은 모두 비슷한
마음을 가지고 있을 것이다. 나는 큰 병에 걸리면 유럽
항공사의 비행기를 타고 스위스로 먼 여행을 떠날 것이다.

돈에 여유가 있다면 비즈니스석에 앉아 고급스러운 기내식을 먹을 것이다. 물론 이코노미석도 상관없다. 여행을 떠나는 내 마음은 설레고 흥분될 것이다. 평생 가보고 싶었지만 가보지 못했던 스위스로 가는 나는 어린아이처럼 신이 날 것이다. 스위스에 도착하면 가족에게 마지막 안부 이메일을 보내고 한없이 고요한 숲속으로 걸어 들어갈 것이다. 그곳에서 내가 평생 찾아 헤매던 마음의 평화를 얻을 것이다. 내 인생을 되돌아보며 나에게 수고했다고 미소를 지어줄 것이다.

# 100일간의   기록과   단상

병원 근처 카페에 앉아 이 책의 마지막 글을 쓰고 있다.
지난 100일 동안 병원 구내식당, 복도, 자동차, 카페 등
장소와 시간을 가리지 않고 틈날 때마다 글을 썼다. 그만큼
내 마음은 다급했다. 더는 글을 쓰지 못할지도 모른다는
불안감 때문이었다. 실제로 지난 100일 동안 내 가능성을
위해 노력할 시간은 주어지지 않았다. 몇 시간 동안
집중하거나 충분히 고민해서 글을 쓸 여유는 전혀 없었다.
잠깐 시간이 주어질 때 단상을 적을 수 있었을 뿐이다.
그래도 태어나서 처음으로 내가 걸어온 24년을 되돌아볼
수 있었다. 많은 것을 느끼게 해준 소중한 시간이었다.

## 내 삶은 충분히 만족스럽다

지난 24년 동안 많은 일이 있었지만 내 삶은 충분히
만족스럽다. 사실 이 책에 담지 못한 내용도 많다. 가족과
관련된 일 외에도 일반적으로 경험하기 어려운 일을 많이
겪었다. 하지만 아직까지 내 마음은 무너지지 않았다.
그것만으로 나는 충분히 만족한다. 그리고 세상에는
나보다 어려운 상황에서 나보다 더 열심히 살아가는
사람이 많다. 그런 사람들을 생각하면, 지금까지 내게
많은 시간과 기회가 주어진 것만으로도 한없이 감사하고
행복하다.


## 한국은 어렵다

미국과 한국에서 모두 직장생활을 해보고 확실하게 느낀
것은 나와 같은 사람에게 한국은 무척 어려운 곳이라는
사실이다. 한국의 직장과 조직은 '다름'을 잘 인정해주지
않는다. 그래서 개인적 사정이 있거나 사회에서 정의하는

'정상'에서 벗어나는 사람이 버티기 어렵다. 만약 당신이 직장이나 조직에서 어려움을 겪고 있다면 부디 자신 탓을 하지 않았으면 좋겠다. 사람들은 자신이 태어나고 자란 곳이 세상의 전부라고 생각하지만, 세상에는 자신에게 더 잘 맞는 곳이 얼마든지 있다. 미국 대학에 있을 때 그런 곳을 직접 확인했다. 평생 그곳에서 살고 싶었다. 당신에게도 그런 곳은 분명 있을 것이다. 우리는 어쩌다 잘못된 장소, 잘못된 시간을 살고 있고 있다는 사실을 기억하자.

## 고마움을 전하고 싶다

지난 100일 동안 내 삶을 되돌아보니 고마운 사람들의 얼굴이 스쳐갔다. 내 삶에는 오롯이 내 가능성만 봐준 사람이 여럿 있다. 이들 덕분에 나는 강한 의지를 가지고 내 가능성을 위해 노력할 수 있었다. 이들을 만나지 못했더라면 내 가능성의 시간은 일찌감치 멈췄을 것이다. 이들을 만난 것은 모든 불행을 상쇄하는 행운이었다. 내가 마음속 깊이 존경하고 감사한다는 것을 전하고 싶다.


## 미안함을 전하고 싶다


이 글을 쓰면서 내가 일반적인 생각과 감정을 가진
사람은 아니라는 것도 새삼 느꼈다. 나를 이상한
사람이라고 생각하고 멀리한 사람도 많지만, 반대로
호의를 가지고 친절하게 대해준 사람도 많다. 하지만 지난
20여 년간 나는 그런 호의와 친절을 제대로 받아들이지
못했다. 하루하루가 전쟁 같았기 때문에 다른 사람을
생각할 여유가 없었다. 그들 중에는 내게 상처를 받은
사람도 분명 있을 것이다. 그런 사람에게 진심으로
미안하다. 내 삶은 미안하고 감사할 일투성이다.


## 내일을 꿈꾸고 싶다


앞으로 내게 시간이 얼마나 주어져 있는지는 알 수

없다. 내일이 없을지도 모른다는 불안감은 여전하다.
그래서 지금 이 순간에도 서둘러 글을 써내려가고
있다. 지금 이대로 내 삶이 끝나더라도 후회는 없지만,
그래도 오랫동안 내게 시간이 주어졌으면 좋겠다. 내
가능성을 조금이라도 더 실현하고 싶고, 미안하고 고마운
사람들에게 내 마음을 표현하고 싶다. 그리고 마음
한구석에 수줍게 자리하고 있는 꿈들도 이뤄보고 싶다.
아이들을 위한 동화책을 써보는 꿈, 자전거를 타고 장기간
해외 시골마을을 여행하는 꿈, 악기를 배워서 내 아이와
함께 연주하는 꿈도 다 이뤄보고 싶다. 그리고 어떤
일에도 흔들리지 않는 마음, 진동이 없는 고요함의 경지에
도달하고 싶다. 오늘이 마지막일지라도 나는 멋진 내일을
꿈꾸며 살 것이다.


## 다시 병원으로


어느덧 병원에 가야 할 시간이 되었다. 입원 중인 형의
간병을 위해 글쓰기를 멈춰야 한다. 삶은 슬프지만 내

마음은 슬프지 않다. 내 시간은 하염없이 흔들리고 있지만

나는 흔들리지 않는다. 세상에서 가장 행복한 사람의

마음을 품고 지금 형을 만나러 간다. (끝)

# 하루의 가능성
삶은 슬프지만 우리를 슬프게 하지는 않는다

2025년 1월 27일 초판 1쇄 발행

지은이 김병규

펴낸이 김은경
편집 권정희, 한혜인, 장보연
교정교열 정재은
마케팅 박선영, 김하나
디자인 황주미
경영지원 이연정
펴낸곳 ㈜북스톤
주소 서울특별시 성동구 성수이로7길 30, 2층
대표전화 02-6463-7000
팩스 02-6499-1706
이메일 info@book-stone.co.kr
출판등록 2015년 1월 2일 제 2018-000078호

ISBN 979-11-93063-80-4 (03800)

북스톤은 세상에 오래 남는 책을 만들고자 합니다. 이에 동참을 원하는 독자 여러분의 아이디어와 원고를 기다리고 있습니다. 책으로 엮기를 원하는 기획이나 원고가 있으신 분은 연락처와 함께 이메일 info@book-stone.co.kr로 보내주세요. 돌에 새기듯, 오래 남는 지혜를 전하는 데 힘쓰겠습니다.